大雅
为一种品格注脚

休斯系列

神的舞者

致T.S.艾略特

[英]特德·休斯 著

叶紫 译

广西人民出版社

给瓦莱丽·艾略特*

---

* 瓦莱丽·艾略特（Valerie Eliot，1926—2012），出生于英国利兹，诗人艾略特的第二任妻子，曾长期担任艾略特秘书。1993 年推动创办享有盛名的艾略特诗歌奖。

目　录

真正的伟大*

* 本文发表于T. S. 艾略特纪念匾揭幕仪式，伦敦肯辛顿府花园3号，1986年9月26日。

今天，我们为了同一个目的聚集在此，所以，其实我已无须再多说什么。

在此，我们将献上一份小小的心意，用一种简单的方式来致敬一位伟大的诗人。

话一出口，我想我们很快便意识到，对于今天我们的致敬对象而言，“伟大的诗人”（great poet）这一称谓太过空泛，太过抽象。

九十八年前的今天，托马斯·斯特恩斯·艾略特出生在美国圣路易斯，而从 1957 年起，直到生命的终点，他都居住在此——肯辛顿府花园 3 号。无论过去还是现在，他都绝不仅仅是一位“伟大的诗人”。

或许此时此刻，在他生前的寓所，我们恰该重拾回忆，细想一下，他的伟大究竟是怎样一种伟大。

眼下，“伟大的诗人”这一称谓的使用太过随便，它的变体——“重要诗人”（major poet）——也同样多遭滥用。对此，我们都很清楚。同时，我们也都知道，真正伟大的诗人少之又少。然而，据我平生所闻，除了“一个独立的物种”（a species on his own）之外，托马斯·斯特恩斯·艾略特别无任何名号：他是一名伟大的诗人，但在所有层面，他的伟大都和与他同处一个时代，也同样常被称作“伟大”诗人的英语诗人的伟大截然不同，且更具价值。在他的后半生中，这种独特的伟大未再招致任何重大的争议。他不单单是一名伟大的诗人，归根到底，他是那少之又少、“真正伟大”（truly great）的诗人之一，而且，他不仅仅是其中之一，他就是这个时代的诗人，就好像只有他能代表这个时代。他所有致力于英语诗歌的同行们通过某种方式，像出于直觉一般，达成了这一共识。

在世时，他是英语世界的诗歌大师，他的统治地位一年比一年稳固，而且，对其权威的认可也以其他语言与文化为媒介逐年得到延伸。

那么，在 1965 年他过世以后，他的伟大又经历了怎样的变化？

在最近十年左右的时间里，我反复注意到一个奇特的现象。眼下，在世界各地，都有这样一些诗人：在母语世界的发展历程中，他们的成就完全堪以“伟大”来形容，他们的伟大也都得到了普遍的承认；他们都已六七十岁，甚至更老，他们的作品历经风尚的变幻、潮流的更替，最终幸存了下来；他们经受住了最严苛的历史检验，赢得了今天的声名；如今，他们足够年迈，终可转头回望，审视那场贯穿世纪的灾难，并得出一些结论。

近年来，我每每讶异又兴奋地听到这些诗人们说，在一切语言的领域中，在最后的最后，在所有曾于现代文化的诗性生活与精神生活中喧嚣一时的革命浪潮与反革命浪潮终告息止之后，有一位至高无上的精神导师依然为了他们而挺立，有一部至高无上的圣书——一部在二十世纪迈向终结之际，以无可比拟的力量将他们融入自身的圣书——依然为了他们而留存。这位导师是艾略特，这部圣书是他的诗歌全集。书中，他为他的毕生心血戴上的王冠——《四个四重奏》（*The Four Quartets*），更是熠熠生辉。

正是在艾略特被推选为英语诗歌领域乃至整个现代诗歌领域的最高导师之后，“伟大的诗人”艾略特的伟大之处才开始变得明朗。更准确地说，正是在推选完成之后，我们才开始理解，何谓“真正伟大的诗人”。

可一转念，我们又想起另一位诗人。无论过去还是现在，艾略特始终与他一起，共同代表着现代英语世界的最高权威。这“另一位诗人”就是W. B. 叶芝。

我们无从也无须二选其一，因为我们都对这两位卓越的诗人抱有最大的敬意。我们只会因为他们的存在而心存感激。但同时，我们也都明了，尽管他们都被称为二十世纪诗人，但他们却属于截然不同的两个世界。也正是通过他们之间的根本差异，艾略特与叶芝对彼此作出了定义。

叶芝象征着特定诗歌传统的峰顶，他是英伦诸岛本土诗歌传统的复合体。尽管他的确从别处“借用”过一些东西，但叶芝之所以能尽享荣光，正是因为他从这个与世隔绝的古老世界的根脉中提炼出了他的艺术准则与创见之力，今天在场的所有人都属于这个世界——一个在我们看来尤为奇特的世界。但艾略特是一个新世界的先知；无论是福是祸，我们也都属于这个世界。而且，对于英伦诸岛来说，这个新世界一点也不奇特。那场全球性灾难已然——在灵魂层面——摧毁了这个世界，世界各地的大小族群无一幸免；现在，它必须从自身的灰烬中找到能让自己起死回生的精神力量。艾略特知道，现在一切都无关紧要，人们必须寻找这股力量，并找到这股力量。正是这份与生俱来般的认知铸就了他的谦卑，也正是在他成为这份认知的良心与声音，为世人树起典范之后，艾略特完成了他的英雄业绩。

在现代诗人的理解与认知中，艾略特正是在这层意义上成了他们的先知。贯穿世纪的精神灾难席卷整个现代世界，艾略特站在旋风的中心，满怀谦卑地聆听天启并为之效命，作出准确、完整、有力的回应，发出极具心理深度与普遍意义的强音。他化身为一个独特的音源，一个清醒的“静点”[1]，不断发出令人信服的声音。在这一方面，放眼二十世纪，可与艾略特相提并论的，恐怕只有爱因斯坦。

---

① “静点”（still point）一词出自 T. S. 艾略特的诗作《四个四重奏》，原句为：“在旋转世界的静点……”

换言之，作为一名伟大的诗人，叶芝写下了绝美的诗篇，但叶芝的伟大和叶诗的绝美始终停留在英语世界；而艾略特的伟大则是普遍意义上的伟大，他的声音穿透语言和文化的边界，触及世界各地，一朝传至耳畔，便被人领受，被人需要。

我想，“伟大”与“真正的伟大”之间的本质差异就在于此。两种诗歌之间的本质差异就在于此。前者虽是“复合”而成，却被打上了民族文化的鲜明烙印；后者是一种前所未有的新诗：所有文化都在诗中达成了灵魂层面的同步，所有族群——所有在现代历史的暴政下饱受同一场精神灾难摧残的族群——都在诗中突然达成了内在的同盟。

所以，叶芝的伟大使他跻身于伟大的民族诗人之列，他们从未离开民族文化与民族语言的母体。但还有谁，能像艾略特一样成就如此特殊的伟大？抛开语言的边界，在过去，又有哪些诗人像艾略特一样发出过如此具有穿透力与决定性的声音？这样的诗人屈指可数。艾略特自己会把他们称作“全无希望效仿的人”。在世界诗歌的进化历程中，堪称“真正伟大”的名字少之又少；然而，如我所说，最有资格投下选票的在世诗人们都越来越倾向于在这些名字之后加上艾略特的名字。

要向这样一位伟人致敬，一块纪念匾似乎的确只是一份小小的心意。但我们也不能忘记，通过这块小小的牌匾，我们想铭记的，并不仅仅是他的伟大。我们以此铭记，这位真正伟大的美国人也曾向我们致以崇高的敬意：他选择了英国，选择了这座城市，他选择在这里生活，在这里工作。在各方面，他都已把自己交付给我们：他和我们有着共同的信仰，他认同我们的文化，认同我们的世俗观念，最后更让他最私密、最个人的情感扎根于此，在这栋寓所里度过了幸福的婚姻生活。

今天，在献给托马斯·斯特恩斯·艾略特的牌匾揭幕之际，我们有责任确保以上这些点滴，也同他的伟大一起，被一一铭记。

白骨之谷中的歌中之歌*

* 本文作为引介发表于《荒原》朗诵之前，伦敦皇宫剧院，1988年9月25日。

在晚会进入最终环节之前，我想感谢所有让今夜成为可能的人。

感谢安德鲁·劳埃德·韦伯（Andrew Lloyd Webber），他为今夜创造出这个宏伟的空间。特别感谢约瑟芬·哈特（Josephine Hart），美丽的教母，今夜的一切，直到此时此刻，都源于她的构想，也归功于她的经营与策划。感谢演员们，他们分文不取，献上了今夜的所有表演，我谨代表阿尔文基金会（the Arvon Foundation）向他们致以特殊的感谢。

阿尔文基金会主要是作为一所“诗人学校”创立与延续的。所谓“诗人学校”并非前所未有。最早出现在英伦诸岛上的学院就是“诗人学院”——古凯尔特时代的“诗人学院”，而且，在长达数个世纪的时间里，学院无一不是为诗人而设。它们原本是督伊德教或者其他宗教的学院，受训其中的诗人在古爱尔兰语中被称作“fili”，意为“预言者”（seer）。古代传说曾详细讲述，这些个体具备了超乎寻常，甚至有些魔幻的力量，能够预卜未来。训练持续二十五年，过程极其艰辛。但毕业后的诗人会被视作地位仅次于国王的人物。理想情况下，他将成为整个民族的文化领袖，全权监护团结全族人民，让他们成为自己的内在生命，并不断为之注入生命的活力。

也许，今晚的演员们会很乐意听到，这些最高等级的诗人——“预言者”们——从不开口朗诵自己的诗作。他们会把这项任务托付给专业的“朗诵者”——“the reacaire”——来完成。

“诗人学院”随着古凯尔特社会的崩塌而逐渐消失。但即便如此，这些学院依然延续了很长一段时间，其生命力令人惊讶。最后两位受过完整训练的“预言者”在 1720 年左右过世于赫布里底群岛（the Hebrides）——一位卒于南尤伊斯特岛（South Uist），另一位卒于斯凯岛（Isle of Skye）。从那时起，英伦诸岛便未再见证过一所欣欣向荣的诗人学校、一系列由专业的“朗诵者”朗诵大师诗作，以及一群尊贵的听众齐聚一堂的场景——直到今夜。当然，在这个特殊的夜晚，我们齐聚在此，主要还是为了在托马斯・斯特恩斯・艾略特的百年诞辰前夕，通过这场诗歌盛会来纪念这位大师中的大师。

在某种意义上，艾略特本人也是一位“预言者”——一位类型极其罕见的“预言者”。他之所以能成为一位有别于——甚至稍高于——近三百年来的所有诗人的诗人，正是因为出现在他眼前的那幕“幻景”（vision）以极具深度、复杂性与真实性的方式，似预言一般反映出了充斥着当代都市的残酷现实。

《荒原》一诗以最饱满、最赤裸的方式呈现出了这幕“幻景”。“朗诵者”们即将登台朗诵的，也正是这部长诗。一般情况下，艾略特相当抗拒甚至不赞成任何介绍性的诵前评论；为了让他自己的诗作以其自有的方式发声、表意，他曾煞费苦心。但《荒原》是一个特例。而且，幸运的是，他本人也为《荒原》提供了一些注解。它们的确为我们指明了“频道”——让我们去收听我们必须从中听到的声音。关于这些声音，我将只拣其要，稍作评介。

关于《荒原》——关于它的精妙之处，关于蕴藏其中的深意，关于它所提出的问题与谜题，人们业已写下了无数文字。或许，在这一点上，没有任何一首诗歌能与《荒原》相比。

我们常被告知：1922 年，《荒原》在紧随第一次世界大战而来的震惊与疲竭中问世；它立足于新旧两个世界之间，在对旧世界内在生命的衰败与崩溃作出概括的同时，预言——并定义了成为新世界之基石的精神境况。

这样的评价似乎准确无误，而艾略特也的确开发出了全新的诗歌方法，为他眼前那幕天启般的幻景找到了形体。

但奇怪的事情依然存在：这部包罗万象、用典频繁，内涵极其渊博、深刻的杰作不仅广受欢迎，更收获了最意想不到的读者。记得我在一所现代中学给十四岁的孩子们上课时，在所有我向他们引介的诗歌中，他们最喜欢的就是《荒原》。

看来，就好像在某种程度上，因晦涩而知名的《荒原》，对于能够把它当作音乐作品来倾听的人来说，其实是一部极为开放的诗作，艾略特的音乐主导——甚至决定了它的形体。

表面上，这种音乐通过每一行诗中词语的排序与抑扬、每一段诗中诗行的排序与抑扬等来发挥效用。但实际上，在最深层，这种音乐也具有决定意义。这部诗作建立在种种情感状态的集合——更准确地说，是种种灵魂状态的集合之中，全如音乐一样：那是人类的种种呼喊。

《荒原》也因此而成为一部“声音的戏剧”。全诗分为五节，除第四节外，所有章节都由数首短诗构成。或者更准确地说，所有章节都由数个为各式男声、女声而准备的演说构成。

这些声音不与彼此交谈，也不是在对我们说话。它们更像是在但丁式的地狱里响起的声音；它们发出呼喊，重温难忘的瞬间，目睹奇异的幻象。

艾略特在他小心翼翼地摆放在全诗开头的题词里留下了解开这场戏剧之谜的线索。这份题词值得一提，它引自一部罗马小说。小说创作于尼禄时代，即罗马帝国衰亡史上最堕落的时代，描绘出当时的生活风尚与社会习俗。引言中提到了“库梅的西比尔”（Sybil of Cumae）。

西比尔是古凯尔特“预言者”在罗马的“亲属”，而且不算“远亲”：她是一位女预言者，是神示所里的女祭司，是某一“神圣源头”借以传递真相与意义的喉舌。而且，在古代，库梅的神示所在罗马世界里威望极高。译成英语，这句题词意为：“我亲眼看见库梅的西比尔吊在瓶中。孩子们喊：‘西比尔，你要什么？’她会回答：‘我只想死！’”

在《荒原》里，我们将听到种种来自女人的声音，听闻她们的种种作为，而将这种种声音、种种作为联系在一起的，正是这位无法从一种业已变得可怕、可憎，又毫无意义的存在中逃脱的西比尔。一如艾略特本人的注解所言，诗中的这些女人其实是同一个人。而且，不可避免地，因为她的身份特殊，因为她是一位神圣的女性，这位西比尔同时也代表着灵魂的“那一部分”，代表着灵魂中那股曾经受到激发，充满得自神圣源头的真正意义的力量。若把西比尔视作《荒原》中的核心女性，我们就能把《荒原》当作一首爱情诗来聆听；它会是一首饱含悲痛——为了神圣的“爱的女性源泉”所经受的一切而悲痛的爱之挽歌。若把西比尔视作灵魂本身，我们也能把《荒原》当作一首宗教诗来聆听；它会成为一份见证，揭示精神层面的恐怖与绝望。

《荒原》中最重要的人物，一如艾略特在注解中所言，是一位名叫忒瑞西阿斯（Tiresias）的先知。忒瑞西阿斯是古典世界里最著名的预言者；他双目失明，经历过男女双性的人生。如果诗中的男女众声在忒瑞西阿斯身上完成汇聚（艾略特也特别注明了情况的确如此）——也就是说，如果诗中的所有事件都发生在忒瑞西阿斯的意识之中，我们便能把《荒原》当作一种悲剧来聆听；它戏剧化了灵魂的暗夜——一场紧随人类存在的堕落而降临的暗夜，而人类的存在之所以堕落，正是因为它与“神圣源头”之间的联系被彻底切断，得自“神圣源头”的意义已彻底丧失。

随着诗的延续，《荒原》的外在形体逐渐聚合，一场始于死亡、终于重生的仪式浮出水面。基督教的故事即围绕着“死亡与重生”展开，一如在所有古老的西方宗教信仰中，它始终被视作最核心的神秘，也正是在这样一种宗教环境里，基督教登上历史舞台，创造了我们的文明。种子的死亡，草木的重生；肉体的死亡，灵魂的复活；旧灵魂的死亡，新灵魂的重生。然而，归根到底，《荒原》本身所处的语境，却与基督教无关，甚至不能以“西方”二字来形容。

《荒原》中有许多古怪的杂音：水的声音、鸟的话语以及时有争鸣的外语碎片。但最终敞开怀抱，将所有声音纳入怀中的陌生语言，却是奥义书的语言，是写就那些古老而超凡，孕育出佛教思想的印度教经典的语言——梵语。它化作雷霆之声，似造物主之声一般，在诗中留下三个伟大的词语：

Datta　Dayadhvam　Damyata

意为

施舍（Give）　慈悲（Sympathize）　忍耐（Control）

在炼狱般的“荒原”上，所有声音都注定永受煎熬，这三个词语仿佛雷暴的脚步，一声声穿越终章，逐渐靠近，满携雨水而来。最终，第四个词语出现，并连响三声，全诗结束：

Shantih　Shantih　Shantih

奥义书之一即以此收尾。“Shantih”一词大致可以译为“穿透人类理解的平静”（The Peace which passes human understanding），而这三声重复，作为一个完整的短语，也曾被W. B. 叶芝译为“愿平静、平静、平静无所不在”（May Peace and Peace and Peace be everywhere）。

作为一份终极的祝福，这三声借自一个伟大的苦行主义宗教，旨在召唤人类意识的极限与边际的“Shantih”似乎并不那么稳固。它或许仅仅是一个脆弱的、封闭的球体。在球体内部，荒原上所有痛苦的声音都一如既往，在这部非同凡响、精彩绝伦的长诗中重历苦难，重温其独特的生命，全如一部音乐作品中的种种声音一样，只待我们侧耳倾听。

神的舞者*

* 本文是为 T. S. 艾略特百年诞辰晚宴所作的祝酒词（实际发表于晚宴上的版本经过了简化），1988 年 9 月 26 日。

我确信，在场的诸位会一致同意，能作为瓦莱丽的客人来参加今天的晚宴，是何等荣幸。

换一种说法，或许也可以说，此时此刻，作为瓦莱丽的客人，我们所有人都强烈地意识到，能生活在托马斯·斯特恩斯·艾略特生活的时代，能像今夜一样满怀虔诚、钦佩与喜爱，来到离他如此之近的地方，是何等荣幸。

在T. S. 艾略特的百岁生日来临之际，我希望自己仍然算得上年轻，但即便如此，我也希望自己已然像不断让自己适应艾略特的幻景与声音——适应他日渐显著的存在的每一代年轻人一样，逐渐适应了文学大陆和学术大陆的种种结构性变化与重置，并因此而变得足够老成。所有那些为了适应与理解而付出的努力都是一个自然历史进程的组成部分。即便在某种意义上，这种适应与理解的公共价值微乎其微，它们也依然可以成为满含感激之情的个人奉献。所以在此，我有意提出我自己的些许观察与思考，并以此共勉。

祝酒如同讲道——少不了一个主题；我所选择的主题极其古老：作为厄洛斯（Eros）之声的诗歌之声。

据我所知，T. S. 艾略特至少可以分辨出三种诗歌之声。我无意就他对于这些声音的看法提出问题，只想提出一个试验性的假设、一种统一的场论，并试问它能在多大程度上适用于艾略特的诗歌艺术。

首先，我有必要引入“诗之自我”（the poetic Self）这一传统观念：在远古时期，作为“那另一种声音”，它像一位神明一般降临，占据诗人的身心，赋予诗歌以生命，然后离他而去。或者，在听到诗人的祈祷后，它会以缪斯的身份显灵并赐予助力。莎士比亚仅以半真半讽的口吻称之为夜夜以其智慧欺骗对手的“那个和蔼可亲的幽灵”。在布莱克看来，它是“永恒之中的作者”；对于年轻的叶芝而言，它是“空中一声清晰的话音”。

这一为人熟知的概念值得我们予以更细致的关注。除了它的种种启示以外，它必然具备以下这些特性：首先，它自活其命，自循生道，独立且在绝大多数时候隐匿于诗人的人格之外；其次，它自决来去，自择所言，不受诗人的控制；此外，它是超越自然的存在。在以上这些特性中，意义最为重大的，莫过于它的超自然属性。它以种种有时略显模糊的方式，从一个以上帝为中心的形上宇宙中出现并时时与之保持融合。有史以来，它一直如此，欣然悦然，直到本世纪初。

我尤欲着重探讨在这“诗之自我”如此“恶名昭著”的变异过程中究竟发生了什么。试想：如果艾略特——像叶芝一样——也曾听到所谓“空中一声清晰的话音”，情况会是怎样？他或许会因为他听到的那些诗行而感到高兴，却也能轻而易举地将这凭空出现的声音认作幻听，归其来源于他自己的潜意识思考，并在他人面前如此加以描述。

艾略特和叶芝只差二十三岁，但在这二十三年里，一道阴影已然落下。如今我们已然领悟，发生变异的除了“诗之自我”以外，还有人类自己的意识。艾略特的早期自省过程之所以堪比折磨，正是因为一股汹涌于他内心深处的逆流：他知道这种变异已然不可逆转，知道宗教体系与宗教习俗不再像过去那样真实，知道这些体系与习俗尽管仍在延续，却已沦为一种“假想”——一种“行为方式”而非“信仰方式”。一种崭新的真实已然取而代之。整个以上帝为中心的形上宇宙都在诺斯特拉达穆斯[①]式的目光一闪间原地消失。它已然——连同它的所有意义一起——彻底蒸发。

而宇宙蒸发后留下的空虚便是艾略特的起点。奇怪的是，它竟来得如此突然。逐步引发这种空虚的历史动乱可以——也确实常常被解读成垂死挣扎或者诞生之痛，而且很显然，这两种解读双双成立。但尽管所有预言都清晰明了，尽管所有前奏皆似恶兆，在这空虚真正诞生之际，在

① 诺斯特拉达穆斯（Nostradamus，1503—1566），法国占星家、预言家、医生。

最终的切换——从羊膜中灵魂跃动的海洋到充满原子氧的自由落体之深渊的切换——真正完成之际，人们依然如受重创、震惊不已；当真相在第一次世界大战中蜕尽外衣，人间只闻一阵呜咽，仿佛只于此时此刻，人类才终于诞生。在他闻虚见幻的精神历程中，超自然世界第一次离他而去。他不仅失去了独属于超自然世界的种种恐怖与残酷，也失去了无限的慰藉与无限的内在财富。在它消失的地方，他唯独看见一种全新的恐怖："意义的真空"。

如今我们已然明了，艾略特就是那个将这一瞬间的完整含义置于人类意识之中的诗人。这一"完整含义"塑造了艾略特天才的所有特征，决定了艾略特伟大之新、之广、之重，也确立了他在诗歌史上的独特地位。那片"神沦圣亡"的景象此前从未有人得见——或者说，即便有人得瞥一瞬，它也从未真正显现。艾略特找到它，探索它，揭示它，赋予它一个名字、一副人声，所有人都几乎立刻辨认出它，并认定它就是自己眼前的景象。

人们自然会问：他何以成为扮演这一角色的完美人选？因为奇怪的是，尽管拥有类似意识的诗人如此众多，但无人能像艾略特一样真正赋予那幕幻景以具体的形态，将它彻底融入生命，并以清晰而有力的声音传达其所有意义（就好像那种种无可逃避的真实是他与生俱来的真实）。

为了寻找通往谜底的最初线索，我们或许应该稍稍扭转方向，思考这样一个问题：压垮西方世界的"神沦圣亡"

对叶芝造成了何等影响？若以某种略带偏见的视角来看，只对其人生与著作的显要脉络加以鉴览，绝大多数读者都会作出相同的判断：他最与众不同的诗人特质便是他对于超自然世界的痴迷。即便是在叶芝那个时代，即便是在最早与之同代的人们眼中，这种痴迷也已过时，而且，随着时间的推移，它愈发显得愚蠢可笑：往好了说，那是一种任性的嗜好，往坏了说，它未免有些疯狂；从任何一个角度来看，它都足以成为他在根本上缺乏“严肃”的证据。如今，虽然人们不再质疑他的“严肃”，但在他的众多拥趸看来，他对于神秘，对于灵魂、精灵和远古半神的迷恋依然难以理解，依然是一种古怪异常、谬误彰彰的追寻——对于一个体系的追寻：若以人所共知、共享的事物为原料（一如艾略特的原料）加以构建，这一体系或许更趋完美。可显然，在叶芝看来，它绝无古怪之处。他从未真正放弃自己早已下定的决心，始终以诗歌创作为首，置魔法世界于次，而叶芝所指，一如我们所知，乃是真正意义上的“魔法”——灵魂与灵魂之间艰难而漫长的交涉，人类与超现实领域和超知觉领域之间规律而系统的仪式性往来。对他而言，魔法自有其条理清晰的工作方式，这一工作方式之于叶芝，正如精确的核子物理之于炸弹的制造者：在他看来，它是一条直达终点——可助他有效实现目标的路径；为了这一目标——为了成就他心中的爱尔兰，他无比清醒而自觉地付出了毕生心血。

人们大概会问：他对于超自然世界的痴迷最初源自何种本能？但当人们注意到在他四面楚歌、斗争不息的一生中，他的所有选择、所有境遇似都不懈哺育着他的精神能量，巩固着他的精神追求，也注意到这类神秘的能量使他足以胜任如此有效、如此积极又如此众多的角色时，问题的数量与广度也随之剧增。他手握魔法之剑，坚决反抗已然彻底失控的“世俗物质主义”浪潮（尤其是来自英国的浪潮）；这种坚决深化几分，他的力量便增长几成，那些日常的耕耘与劳作仿佛是为一个异想天开的个人宗教体系而设的“健身场所”。如此说法当然太过简单，但至少在某种程度上，它确切无疑。

也许，当我们置叶芝于某种人类学语境中时，他的诗歌模式会更显清晰一些。同时，我们也不难发现，他是一位足具萨满之力的诗人。一如历史一再向我们展示的那样，“救世萨满”（即所谓“救世之主”）总会在一个民族的物质资源彻底耗尽，物质期望彻底破灭，族人对于灵魂奇迹的绝望吁求或多或少地“化身”为某一“反常的个体”之际降临。源自尼采、达尔文以及其他各式“震中”的震波想必加剧了赋予叶芝以无限活力的“部族灾难”，但最具决定意义的事件——那个不仅在那片爱尔兰式景象之中，也在他每一个爱国同胞的面庞之上、语声之中留下深深印记的事件——无疑是那场种族灭绝式的漫长羞辱；所有自觉是爱尔兰一员的人都被迫经历了那场因“辱”而起，在其

或者，若以叶芝的措辞方式来讲，他始终缺乏“护身魔法”。他全凭纯粹而赤裸的勇气与毅力存活下来，并不断前进。于他而言，所谓“部族灾难”想必无外乎伴随重重动乱而来，陷西方精神于空虚之中的“神沦圣亡”。他的“部族”或许包含所有生活在西方世界的人——甚至所有不曾远离精神家园的人。在这层意义上，他的祖国便是那“无限温柔，又无限痛苦”的存在——在一个已然以极其原始的方式失去灵魂的宇宙中——对于现实之本质和意识之本质的把握与坚持。但或许是由于灾难本身的性质，由于受难之人本就一一处于孤立状态，较之叶芝，艾略特对于“部族灾难”的反应更关乎个人，也更加冷酷——始终以其“隐秘的自我”所承受的创伤和它所面临的危机为核心。因此，他的反应似乎是一种更紧要、更切中要害，也更具人性张力的尝试：在一个极端，于个人层面，它更显私密；在另一个极端，于公共层面，它又更显普遍。在某种意义上，这便是那位具有无可译解的“爱尔兰性”的叶氏英雄库丘林和那个不仅具有普遍的意义，还不乏生物特性的艾略特式“实体”——那个从深渊现身，以承演艾略特的内在戏剧为己任的“实体”之间的差别。

他不仅觉察到内在世界的崩坏，也清晰地感受到自己在这场普遍意义上的精神灾难肆虐之际如何沦为伤残并陷入瘫痪，感受到这些创伤如何置生命、生活和意义的世界于空虚之中，也正是在旨在应对如此知觉与感受的种种尝试中，他逐渐意识到自己的终身使命。足具启示意义的是：他拼尽全力，千方百计地通过世俗智慧（即这一境况赖以生成的世俗智慧）的思维方式来理解这一境况，但其早熟的智思却时时引领着他，带他走上一条又一条的死路，而当他的诗歌才华在短短一瞬间为他开辟出一条活路——当身在巴黎的他在一番任性而为的诗歌实验中装配好《J. 阿尔弗雷德·普罗弗洛克的情歌》时，他全然不知该如何予以接受。也许当时，他觉得时机还不够成熟，觉得自己的双手还太过孱弱。他畏而退缩，回到另一个极端，沉浸在坚定的尝试中，勉力在学术世界里适应自己的哲学生涯。此时此刻，对其真正志业的呼吁已然获得某种极具意义的形态，醒目地出现在他面前，然而当时，这一严正的召唤并未得到他的辨识与认定，仅被视作某种反复发作、扰人心神的迷恋甚至迷执。回顾之下，我们不难看出，所谓“严正的召唤”其实无外乎一幕老式的宗教幻景、一种半显原始的噩梦之象——圣塞巴斯蒂安之象：赤身裸体的圣人受缚刑柱，众箭穿身。至少，从表面上看，那无疑就是圣塞巴斯蒂安，但艾略特自己并不那么确信。

那究竟是谁？它究竟是何种存在？无论它是什么，它或许都足以证明，在那一代诗人中，只有艾略特有能力创构如此包罗万象、错综复杂，又极具深度与力量的意象，也只有艾略特有能力如此完整地在自己内部发明一个时代的精神悲剧；它象征着这场悲剧，一如它——以一种更为具体的方式——象征着由这场悲剧直接引发，横亘在他自己面前的心理困境。当植根于极权主义思想与世俗价值观念的精神风尚——一种认同科学，强调理性与批判，既冷酷无情，又灵活多变的精神风尚——逐渐在西方世界占据统治地位，那受尽折磨的祭品——那源自殉道而亡的“心身”，保持着最深刻的清醒，凝聚着最深邃的活力与能量的“诗篇”——亦更显清晰地呈现在这一意象的内部。

如今，我们更加清楚地意识到挺立在普罗弗洛克身后的那番“宣告”[①]。无论艾略特以何等轻蔑的态度任意拆补他试图赋予这幕谜之幻景的形体，它始终又能有效地加以阻止。早在他深入探索之初，这幕幻景便已从他的“思之**自我**”[②] 与“时空世界”中将他拽离，使之远离学术世界的诱惑，全心感受那份独特的痛苦。

如今，我们完全能够理解，高悬于宗教上空，以上帝为中心的形上宇宙所经历的变故与其说是原地“蒸发”，毋宁说是一种“易位”——一种“内化”、一种“移译”。我

① 此处的“宣告”原文为“annunciation”，一可泛指通告、宣告，二可特指圣母领报。

② 本文涉及两种“自我”的概念，英文中的“ego”与“self”在中文中均以“自我”表示，但二者在用法及意义上有着显著的区别：前者是在弗洛伊德精神分析理论中以“本我”（id）为基础，受“超我”（superego）控制的“自我”，是人格结构中的“管理者”与“执行者”；而后者则指独特、持久的同一身份的“我”，是认知意义上的“自我”。为方便读者理解，本文中作者以“ego”表示的“自我”均用粗体标出。

们生活在“译文”之中，曾经以上帝为中心，满含宗教意义的一切都已成为以“自我”观念为核心的心理性存在，尽管这种“自我”依然是一个即便算不上“无穷无尽”，也足以用“无边无际”来加以形容的谜。

在这份译文成为一种极具普遍意义的神话之前，曾有一段风雨如晦的过渡时期。在那段时间里，诗歌事业好像都要终结。即便到了二十世纪四五十年代，人们也常听见诗人悼叹，说在现代世界，他们的艺术已然失效，已然无关痛痒——最重要的是，他们觉得诗歌已然过时。所谓“自由联想机制”，那个席勒[1]借以疏通诗道，纵引创想之流，后又由弗洛伊德从他身上间接提取的小小机制竟然成了“拆解”——或者更确切地说——成了“译解”旧式“诗之灵感”与“诗之自我”之谜的工具；但这与其说是一种具有讽刺意味的变化，不如说是一种进化意义上的自然选择。

当然，最终，最基本的秩序并未遭到破坏。那是一份一流的“译文”。一个寻常**自我**依旧得和另一个隐藏其中、其下抑或其后，多多少少能以清晰的声音表达自我的“人格”朝夕相处，共眠共醒；这一“人格”依旧过着奇异的生活，而且事实证明，它与从前那个“诗之自我”尤为相

---

① 弗里德里希·席勒（Friedrich Schiller，1759—1805），德国诗人、哲学家、历史学家、剧作家，德国启蒙文学的代表人物之一。

像：世俗、私密，也许很少流露诗性，却极易辨认，一看即知它无外乎那个自立自主，几近隐逸，独自守卫着梦境的自我。精神分析学说无非是以全新的语言重新起草了那份“共租合同”。但在重新起草之际，它的确作出了些许改写。通过转移特定的子句，改变句子的重心，它认定这另一个自我——这一新式的，或许也足具诗性的自我——的确拥有那种种曾经饱受质疑的力量。比如，它明确保证：这“另一个我”[①] 将永远处于支配地位并通过某种方式掌控一切，尽管很多时候，它隐姓埋名，无从辨认；对于居存其中的生物正在经历的一切及其将要经历的一切，它始终持有最高认知；更重要的是，在以无比隆重的方式重新引入那台令人目眩神迷，具备神圣属性的高等陀螺仪后，它或许代表甚至（在其关键内核——即其“基因内核”中）包含着“真正的自我”“源头的自我”（the self at the source）——一个个体最存乎内在、最难以触及，在奥义书中被称为“神圣自我”的核心。

比这还要重要的是，精神分析学说复兴了精神力学（psychody-namics）的第一法则——一条曾被奉若神圣的古老法则，并视之为首要原则：个体和那另一个“人格”之间的任何“交融”（communion）——尤其是对“真实自我”

① 此处的“另一个我”原文为“doppelgnger”，这一表述源自德语，意指“活人的幽灵”“面貌极其相似的人”——“另一个我”。

的某种形态加以吸收并予以体现的“交融”——皆有治愈之效，不单能救生命于苦难，更能释放欢乐。至少，在这一方面，“神沦圣亡”的崭新世界终已极度接近那个无比古老的精神世界；在这样一个世界里，涌自真正源头的诗歌亦将作为一种神圣之物得到普遍的承认，因为它有治愈之效，不单能救生命于苦难，更能释放欢乐，就好像它已将对于造物主本身的坚决肯定隐藏在某种药物一般的实质之中。

除此之外，另一条对于精神分析学说与现代世俗观念来说至关重要的法则也同样健在。它关乎一种“必然”：无论“真正的自我”多么深入骨髓，多么默然无声，一旦被唤醒，它必将奋力成为整个存在的意识核心。

如果在某一位诗人身上，“诗之自我”的确是以这样一种方式作为其“真正的自我”而存在的话，那么从旧式“诗之自我”到新式“诗之自我”的移译就几乎完全不构成任何伤害，受到影响的，唯有其“读者世界”的气候——发生改变的，唯有世间的期待与未知的可能。我相信，就艾略特而言，这一粗糙的“鉴定”相当适用。事实上，他就是一个典型。在他的诗歌中，新式“诗之自我”的所有特征都显而易见，并且饱含张力，鲜明真切；今晚，我的所有评论也无疑都只与他一人相关。

对他来说，自旧而新的移译确实引发了一些变化。同时，它也让我们更加敏锐地意识到在他的作品中究竟发生着什么。于他而言，这种移译之所以能引发改变，正是因为它移除了他对于神迷状态的敏感以及“诗之自我”凭借一种更不受阻碍的方式制服全副心神的情绪。事实如此——这份“敏感”的确已经消失。一些显而易见的心理变故也在某种程度上导致了它的消亡，而且，这些变故皆与某种服从本能的丧失有关：他不再本能地服从于高高在上、掌控一切的精神权威。一如歌德所言，必要的神迷状态是诗人最脆弱的工具；同一屋檐之下，只要另有一人存在，这类器具便告失效，而无所不在的“世俗怀疑主义”却足具普遍效用，就连从小接受训练，善于深入其舞蹈动作赖以形成的神迷状态的巴厘舞者也在短暂接受西方观念的浸染后彻底失去了神迷之力。对于任何一位诗人而言，这一能力的丧失都意味着深重的苦恼。实际上，这意味着“诗之自我”为了同化或者取代寻常人格（甚至融而纳之）而作出的尝试与努力将受到更为有效的抵制，而这一实际影响又将引发愁闷与沮丧——“贫产诗人的忧郁”；同时，它也有可能会演变成相当极端的心理（甚至生理）崩溃或者信仰危机。显然，在现代世界，诗人须得仰仗类似僧侣式自我忍受的非凡自律，才能完成一种更为隐秘的渗透。但这或许是一条可行之道——一种完成内在进程的方式，而在现代诗人中，也几乎只有艾略特一人足以成为这种诗道的代表。

他不仅经历过愁闷与沮丧，也经历过极端的**自我**崩溃。

创作《荒原》时他所承受的“分娩之痛”便是明确的标志之一：在他得以开口传达那另一种语言并亲身经历那另一种生命（即便是暂时传达、暂时经历）——他真正的语言和生命之前，他的寻常人格必须被强制转移。他经历过信仰危机，他的痛苦只是“看起来”不那么深重而已。正如我希望展示的那样，在其私人的冥想过程和诗歌创作过程中，他放低自己，服从缓慢的渐变，并顺应它的模式（“谦卑无穷无尽”[①]），任凭“真正的自我”依其自身的形象重塑**自我**，直到个人被彻底改造，直到“真正的自我”——在最大程度上——公开接管现世生活中的一切活动与一切幸福。

以上这些概述不乏细节的支持。正是因为“诗之自我”的构造如此独一无二、因人而异，它的种种特质才足以引发种种奇异又“宿命”的后果。全新的“译文”擦亮了我们的眼睛，使我们更清楚地观察到这一现象。诗人的每一次“连续”创造都可以被解读为“诗之自我”旨在表达自我并巩固其统治地位的努力。这种“努力”将在一个完整的、梦幻的，象征着“诗之自我”及其“孤离之窘”的符号中完成具体的自我呈现。这类意象最显著的特征无过于此：它们极其完整，又无比“梦幻”，更具有不可约简的象

① 语出T. S. 艾略特的诗作《四个四重奏》，原句为：“我们唯一能够指望获得的智慧就是谦卑的智慧：谦卑无穷无尽。”

征意义。

“诗之自我”在其隐秘的生活中如何进化，幻景便如何在其连续生成的过程中及时进化。但在构成诗作的一系列幻景中，最早出现的幻景往往也最具启示意义，或是因为在幻景显现之初，碍事的自我最为孱弱，或是因为这些凝聚着创造之力的幻景尤似一系列传统的幻梦——最初得到完美呈现的幻景极有可能是一份对随后而来的所有景象作出清晰指示的简洁索引，而最终成形的诗性产物将不可避免地成为一个“杂种”、一份对于各式自我之间的种种冲突的记录：在某种意义上，它既是个人**自我**对于一幕终究深不可测的幻景的理解，又是那幕幻景对于力不从心的**自我**的理解；在另一种意义上，它是某个“中间人”或者“调解人”——那第三个“实体”，那个或与斗争双方展开辩论，或对斗争双方一“詈”同仁，或在水火之间陷入绝望，或被浪爪焰舌撕成碎片，又或——通过某种方式——成功予以调停的“实体”为了构建某种契约而付出的辛劳。但**自我**完全有理由抗拒。尽管“真正的自我”至高无上，但当它恰好因为某种致命的疾病或者“精神死刑”而陷入僵死，当最终的结论遭到摒弃，对于这般“僵死”的认知也将在随之显现，象征着“真正的自我”之声明的意象中得到体现。

济慈找到的意象诸如此类：“恩底弥翁”“无情的妖女”“那盆罗勒”“拉弥亚”——它们不仅是表现“诗之自我”

深陷垂死挣扎的完整意象，也预示着济慈本人无从摆脱的命运。柯勒律治眼前的“古舟子”之象亦然，它同样是不祥之兆，尽管它的确有所不同，因为它不乏挽救之力——它同时就“诗之自我”和“寻常**自我**”的命运作出了预言：前者将经历一场“形上之死”，但后者将迎来一段漫长的，足够他讲完那则形上故事的死后遗生。这类意象的“宿命”性（一如先前所言）即作此解。对于创伤预后无比悲观，却终归良善（一如艾略特的预后）的“病例”而言，情况也许完全无异于此。

以上这一切不仅是一种极其简易的概括，而且也并非新奇的解读，但我之所以取道于此，绕此远路，是因为它不光阐明了我的主要论点，也聚集了一众先例以及相关事证，以便我重归原点，回答我的开篇之问：（不妨稍改措辞）艾略特的诗歌艺术和司掌生育的古世神明——爱神厄洛斯有何关联？

如今，“厄洛斯”这一术语贯穿为所有人所熟知的生物效应，宛如流体一般——从前亦然：他曾有过众多名字、众多面孔、众多生平。在此，我想给他一个更为狭窄的定义。

但首先，我得从另一个问题入手，它绝非离题之问：出现在艾略特那首令人难忘的早期诗作《圣那喀索斯之死》中的那个“准神”究竟是谁？全诗如下：

圣那喀索斯之死

到这灰色岩石的阴影下来——
到这灰色岩石的阴影中来，
我要让你看些东西，既不同于
你在破晓时分伸展于沙漠上的影子，也不同于
你那衬着红岩跃动于火焰背后的影子：
我要让你看看他沾满血迹的衣物与四肢，
看看他唇上灰色的阴影。

他曾行走在海洋与高崖之间，
风使他察觉到那安然滑过彼此的双腿
和那在胸前交叠的双臂。
走在草地上时，
他自己的节奏带动着每一次呼吸。
在河边，
他的眼睛察觉到尖尖的眼角，
他的双手察觉到尖尖的指尖。

他被这样的认知击倒：
他无法以人类的方式生活，只能成为上帝面前的舞者。
倘若走上城市的街道，
他就像踩着人脸，踩着痉挛的大腿和膝盖。

所以他从岩石下现身。

首先他确信他曾经是树，
枝条彼此纠结，
根须彼此交缠。

其次他知道他曾经是鱼，
光滑的白腹紧握在他自己手中，
他在自己的指牢中扭动，他古老的美
被化作粉色指尖的新生之美牢牢攥住。

他也曾是年轻的姑娘，
在林中被一个醉酒的老汉擒住
终于知道他那一身洁白是何种滋味
他那一身柔滑是何等可怕，
他觉得醉了，老了。

于是他变成上帝的舞者。
因为肉体爱恋炽热的箭镞
他在火烫的沙地上舞蹈
直到箭镞飞来。
他拥抱它们，他洁白的肌肤任凭血红浸染，让他得到
满足。

此刻他浑身青绿、干枯，嘴里

落着一斑阴影。

如果我们将这一神秘的形象奉为某种值得尊敬的存在，并称之为艾略特最早发现，最为成功、突出，且同样极具梦幻之力的“客观对应”之一，我们便能提出问题——同样用他自己的措辞来问：被他送入光亮中的，是何种“暗胚”(dark embryo)？

在试图作出回答之前，我们或许可以重新确认一番：这首诗作是一首地位古怪的“孤篇”，它立于诗歌全集门口，并未被包含在内。在他成熟的诗作之外，几乎找不到任何一首与它有半点相似之处的作品——除了那首名为《圣塞巴斯蒂安》的幻想之曲（它更像是《圣那喀索斯之死》的孪生手足，《圣那喀索斯之死》幸存下来，而它却为了强化同胞的独特性而罹遭流产）。但在诗歌全集中，几乎每一首诗——当然也包括他最重要的诗作，似乎都和《圣那喀索斯之死》“同母异父”。

艾略特似乎很喜欢它。他显然曾考虑让庞德[①]予以发表，而且，尽管他最终改变了想法，但在他将《圣那喀索斯之死》中的关键诗行植入《荒原》之际——在这些诗行

① 埃兹拉·庞德是艾略特的好友，艾略特的著名长诗《荒原》亦经庞德编辑之后才成稿发表。

于《荒原》中再次成为关键之际，他的确承认这首诗作是“《荒原》诗族”的一员。回顾之下，《荒原》的诞生过程或许就像他的“足月之娩”，而这首《圣那喀索斯之死》则是一张清晰呈现早期胚胎样貌的外科幻灯彩片。同理，那些在其之后成形，仿佛受其孕育的重要诗篇也不断说服我们，让我们接受这首诗作（尽管它就像原始胚胎一样稚嫩、柔软）并视之为艾略特式天才的首幅肖像（或许也是唯一一幅正脸之像）。

接着，为对“肖像”之论加以巩固，我将提出另一个大胆的推测：艾略特式“诗之自我”之象是否在这首诗中得到了呈现？在我看来，事实恰恰就是这样。还请诸君相信，这首诗予以记录的，正是这样一个瞬间：在将视线投入隐藏在寻常人格之下的深池中时，艾略特的“诗之自我”捕捉到一瞬“神迷的寂静”，继而极其精准地意识到它自身独特的本性、遗传与命运，并为自己找到了这一意象。

当然，我们知道，对于这类主题，艾略特几近痴迷；在考虑到这份痴迷的情况下，这区区一首早期诗作是否依然能扛起如此重大的责任？在他已经问世的早期作品中，另有一首名叫《诙谐曲》的诗作——一份为他死去的木偶而作的悼词；诗中出现了另一个不仅同样足以担当“诗之自我”的意象，也极易识别的艾略特式“假面”：

诙谐曲

（仿朱尔·拉福格[1]之作）

我的一只木偶死了，

虽然他还没厌倦游戏——

但他头弱体衰，

（跳娃便是这般骨子。）

但这只死掉的木偶

我喜欢得紧：一张寻常脸蛋，

（那种见了就忘的脸）

捏在滑稽呆滞的苦相之间；

半似威吓，半似恳求的样子，

嘴巴扭得像在哼唱流行金曲；

眼睛瞪得像在问“你到底是谁”；

没准他已经被送到月亮上去，

被滔滔不绝的鬼魂

和迷境中其他没用的东西放在一起；

---

① 朱尔·拉福格（Jules Laforgue，1860—1887），法国诗人，以抒情讽刺诗闻名。

“去年春天以来最时髦的款式，
地球上最新鲜的式样，我敢发誓。

你们就不能有点儿品位？
（弱弱嗤之以鼻），
看看这该死的月光，又浅又薄，比瓦斯还糟——
现在在纽约……”——诸如此类。

一只木偶的逻辑，前提
无一正确；但在某颗星球之上，
他会成为英雄！——他究竟属于哪里？
可即便他成了英雄，也遮不住那副怪样！

这是两首互补之作。“木偶”是艾略特在早期创作中常以俏皮的韵律和讽刺的口吻借以自贬的拉福格式自恋形象之一。他是充满悲伤色彩的“普罗弗洛克式自我谐拟”的变体之一——一个失效于幼体状态下的变体；他自觉无力承受爱与生命的吸引，也只能对一整团高悬如云、光彩熠熠的要求望而兴叹。他不是“圣那喀索斯”，可他不乏“圣那喀索斯”的气质：他同样具备那种奇异的、神经衰弱式的自我意识，他知道自己是“物”，是一只由弦线牵动的傀儡。但“圣那喀索斯”在一场舞蹈中将他对于自身之美的恐惧奉为神圣，而这只“木偶”却将自身之丑——可悲的空虚之丑讽为笑话。他是艾略特对那个即便在他选择从无从应对的对峙中抽身之际也依然渴望成为那另一个**自我**的谐拟；总之，他无外乎一个影子，而艾略特满怀遗憾地切断了影子的主人和他自己之间的关联。他是与“圣那喀索斯”对立的存在——一个被命运榨干的存在：为了应对外部世界，他勉力构建并保持着一副正确无误却脆弱易碎的神态，但其有机的生命却已完完全全被吸入“诗之自我”的存在——一种炽热、神圣，却已惨遭隔离，远远流亡在外的存在之中，而那“诗之自我”，那个自我放弃、不合时宜的“上帝的舞者”——那位“圣那喀索斯”则遥遥活在一种与拉福格式语言能多不同就多不同的语言——一种被《圣经》语息浸透的语言之中，不断承受痛苦，血载履步，只为在上帝的怀抱中死去并获得终极的生命。

所以，即便是从《诙谐曲》出发，我们也同样回到了原点——“圣那喀索斯”这一准确、真实、敏感的原始“诗之自我”之像，一如从后来的诗作出发，我们也必将回到“木偶”与“圣那喀索斯”这两个扮演着对位角色的形象。

无论我们如何看待这首《圣那喀索斯之死》，它都是不容忽视的重要作品。这位翩翩起舞的土著无比真实，真实到令人觉得奇怪，觉得不安。深焦镜头下的梦幻场景清晰异常，光彩熠熠，着实不可思议。芭蕾一般舒展优雅、狂欢一般纵情恣意的圣洁不仅暗示着一个赤裸裸的“真实自我”，也揭示出另外一层意味，一层类似布莱克所谓“某种精神存在之狂怒”的意味。忆及柯勒律治的“舟子”和济慈的“妖女”，虑及艾略特的诗路走向，我们的目光又将回到这一主角身上。我们不禁感到好奇，他究竟具有何种含义？

“圣那喀索斯”这一复合[①]而成的名字尤显古怪。它唤醒了源自那喀索斯寓言的先兆——包括溺亡的自我、不见人影的女性呼声等，但同时，它也着重将“那喀索斯”之象的“圣”之一面作为一种“镜中映象”固定下来。诗歌本身并未切断神圣的形象与其同时存在的根源（古典之源、原始之源，甚至具有有机生命的原初之源）之间的联系，但诗名却限定了他的未来，让他走上一条殉教之路。尽管诗歌本身有其特定的历史背景，“那喀索斯”也有其特定的历史身份——一位生活在二世纪的“耶路撒冷主教”，但他依然被塑造成一种象征，被深嵌在神秘宗教的僧侣式神话语境之中：远古密教的洞中“秘仪”和诺斯替教最后的癫狂无不伴随着这般独一无二的舞蹈。正是在扮演这一角色之际，他揭示出一段更为具体的历史。

倘若作为一幅古绘出现在墓墙之上，他或许只能被解读为厄洛斯（或者狄奥尼索斯）——那雌雄同体、变幻无

① 所谓“复合”是指“圣”与“那喀索斯”的“复合”，“圣”常用于称呼基督教教会正式承认的圣徒，而“那喀索斯”则是希腊神话中的人物。

常，象征着生物性存在和生殖循环的精灵的某种形态。他记得从前的自己、从前的生活：一条鱼、一棵树、一个年轻的姑娘。他曾经（也依然）雌雄莫辨，亦雌亦雄；他曾经（也依然）是一条鱼的神明，是树中的神明。他是“无法以人类的方式生活”的神明，是原始而永恒的化身，是神话中所有正迈向死亡的诞生之神、交合之神和死亡之神——塔模斯（Thammuz）、阿提斯（Attis）、俄赛里斯（Osiris）等——的化身；总之，他被撕成碎片，被深深悼念，继而重获新生。归根到底，他就是厄洛斯的某种形态——就是爱神的某种形态，一种深陷悲剧、惨遭牺牲的形态。如此，这首诗又以一种相当坦率的方式重新塑就了生物性感受与原始感受的圣洁，并将这般圣洁与“耶稣生死历程”的变体——一种隐秘的、“罗耀拉式”（Loyolan）的变体融合在了一起。

说到这里，艾略特的读者也许会感到不解：是什么促使艾略特堵上了这首诗的发表之路？是因为它太过笨拙，或者太过大胆（近乎自我暴露的自我揭示）？我们很难找到确切的答案。诗中的具体细节如此鲜明，主观感受如此汹涌，以至于它的神话语境和历史语境变得无足轻重，俨然一块舞台背幕；同时，前景中的这场舞蹈又如同生物蜕变一般痛苦、赤裸，谓之触目惊心亦不为过——神圣却触目惊心，一如在指牢中不断扭动的蝾螈或者在母宫中蠕动的胎儿亦可谓神圣却触目惊心。舞动的意象不断释放高压电流（性感的恐怖与神秘的欣狂“交流”而来），引发灵魂的震颤；可以说，那是一个从始至终都“情感过荷”的演变过程——一种无比丰富的“性爱情感”，一个极度怪异的演变过程。

如果“圣那喀索斯”便是艾略特式“诗之自我”的“客观对应”之一，那么对他自己来说，这一形象又具有何等含义，造成了何种后果？如果我们先把“舟子”和“妖女”放在一旁，将目光转向另一个更为惊人，但或许也更具有可比性的案例——尼采与沃旦（Wotan）的“幻遇”并稍事定睛，我们便能将注意力首先集中在以下这一事实之上：代表着艾略特式“诗之自我”的“镜中映象”是一位神明，而且他不仅是一位神明，更是自然循环之神和西方文明之神——一位至高无上（虽然身披伪装）的“自源之神”（autochthonous god）。

就其消极意义而言，这一事实也暗示着艾略特的寻常生活将被提前否决，神圣的责任将落在他的肩头——无论他接受与否，而且，他也必将为之付出沉重的个人代价。

至此，即便是和尼采的沃旦相比，艾略特的厄洛斯也未必是善兆。但二者之间的相似之处也仅此而已。沃旦强行将自己的“编码”[1] 输入尼采的“基因”，而这也许就是

---

① 此处的“编码”原文为“programme”，疑指“基因编码”；日耳曼神话中的“沃旦”相当于北欧神话中的“奥丁”，而“奥丁”这一名字即有“疯狂”之意。

尼采最终（在他生命的最后那些年里）所付出的“人性代价”，而厄洛斯则从一开始就让艾略特付出了代价。与他的早年生活相关的点点滴滴都暗示着早在他被迫动笔写作之前，他便已在他自身内部的某个昏暗地带提前经历了那一神圣形态的殉亡。这一不仅在很大程度上成为他的诗歌主题，也如此显见于其诗歌艺术的根脉中的变故可被视作以异常生动而直白的方式自然、自发地发生在他自身内部的“普遍现象”：他像传统萨满一样经历了“梦幻肢解”，完成了对于传统萨满而言至关重要的初始体验。一如只有在经历“死亡”之后（在被神圣的存在重组之后），传统萨满才有能力对其反常的力量与敏感加以利用并为了族人的福祉而投身于其诗性的、梦幻的、戏剧性的，汲取治愈之力于神迷之中的萨满事业，艾略特的“死亡”经历表明，事关创造与救赎的诗歌活动（普遍意义上的艺术活动）和这种自然而奇幻的萨满之旅是何等接近、何等一致：半人半神，凝聚着自身过剩的治愈之力的精灵支配着萨满的身心，艺术创造就像是极具活性的“自身免疫系统”的心理性组成部分一般。对于艾略特而言，紧随“殉亡”而来的，是绵延多年的哀悼，但最终，他迎来了重生。

即便不对“在艾略特的幻景中经历生死的爱神形态同样是掌控‘自身免疫’之力的精灵”这一暗示加以深究，我们仍能理解，对他来说，“宿命”后果的形态与属性取决于“圣那喀索斯”这一特定神明的潜质，即他承受苦难的潜质、完成精神性与道德性复原与成长的潜质、成为普遍象征的潜质和创造最关乎人性的历史意义的潜质。

换言之，“圣那喀索斯”“沾满血迹的衣物与四肢”高居西方文化族谱的顶端。这个雌雄同体，在劫难逃，在“神经之树”中跳着古老的爱神（酒神）之舞的华丽形象——在艾略特的绘笔下——预示着西方精神的重大发展，直到它们聚合一处，汇入耶稣的人格，继而以所有基督教价值观念为载体不断分岔、扩散、交织于西方文明世界。《圣那喀索斯之死》的一切成就都源于这位神秘而赤裸的神明与生俱来的天赋。同时，即便是在如此早期的一首诗中，艾略特也悉心保护着所有可能的关联，这位在舞蹈中变形的神明，他的一些态度相当鲜明地透现出他与印度教神明克里希那（Krishna）之间的亲密关系：这位与“神圣的自我”——与“深处心中，不过拇指大小，却塑造了过去和将来的人”、与“在苦难之外承受着生命轮转之苦难”的莲中婴孩同根同源的蓝脸之神同样以各种各样的方式显现于佛教的核心，一如“圣那喀索斯”的“主显节”之舞。如此看来，这位充满诡异的活力，如幽灵一般舞动在艾略特诗歌之中的神圣“人模”宛如一把通向西方精神内质——与东方精神内质的万能钥匙。

我的谈论主题始终明确，我的所有言论都以艾略特的内在生活（在绝大多数时候，连他自己也无从理解这种隐秘的生活）为核心。绝大多数以此为题的讨论都始于猜想，止于暗示。即便是在最具弹性的假设之下，“圣那喀索斯”也无外乎一个符号、一组复合密码——象征着以艾略特的“隐秘存在”为居所的实体，而“神圣”一词及其亲属也无外乎指向人类在惊恐与敬畏中蹒跚而入的各式不同阶次的经验（即便在他以大脑内部的化学反应为其创想之源、以大脑内部的种种律动为其语息之韵来对这些经验加以议论之际，情况也依然如是）的便捷“路标”。但无论我们如何接近这一隐藏在（艾略特为之觅得的）符号背后的实体，我们都必须接受：它是具有决定意义的存在。正是在这层意义上，那幕早年幻景才在每一个十字路口决定了艾略特的诗之冒险的独特走向，决定了他所能成就的非凡伟大，决定了他尊如教宗一般的权威地位——一种前所未有、普遍，令他的伟大终得归宿的权威。就连“教宗”这一常被用来打趣说笑的诨号也不断发出和谐的鸣响，强音贯穿我所说的一切。

在这首早期诗作中，成为厄洛斯之化身的“圣那喀索斯”和艾略特在诗歌艺术上的所有成就之间的这一关联是我的核心论点。作为一种象形“装置”，一串基因密码，《圣那喀索斯之死》完全忠于内在事件本身，但它无法解释一切。它无法解释那种单一而纯粹的诗之张力，无法解释他赖以探索绽现于那场内在对峙内外的一切的韧性，也无法解释那种使他有能力以如此奇妙而惊人的方式对那种内在启示与内在契机作出诠释的艾略特式天赋的品质。它只能回答一个问题——艾略特的内在演化方向何以在厄洛斯的苦难一一显现并如群星会聚一般构成他的生命之剧之际，变得无从更易、无可避免。他无法借道理论，回避痛苦不堪的内在演化过程并遁入某种麻木状态，就好像通过神经性化学反应来产生效用的自我保护机制已然彻底失效。当“**自我**清醒的寻常生活”被隔离在“真正的自我”的搜寻范围之外，他如受天谴，仿佛经历了某种残忍的、机械的、“意味着死亡”的恐怖。的确，这就是《荒原》，这就是那幕噩梦之象：“神沦圣亡”的世界里，被选中的人子反对上帝，受到先知的诅咒；他身处一个由种种毫无意义的本能反应构成的循环之中，凝视的目光透过原生动物的黏液投射而出。

所有观察家都一致同意，艾略特是一个复杂而难以捉摸、令人困惑不已的存在。他的作品与人格共同构成了一个错综复杂、充满难解之谜的迷宫。但我所提出的观察（它无过于一番审慎的评估——一番以他那拥有奇异的统御之力的“另一个自我”强行加于其身的“双重存在”为对象的评估）使得艾略特的生活与作品的若干特征能以一种相当连贯且一致的模式出现在人们眼前，并得到人们的理解。

它通过某种方式，在某种程度上阐明了某些显见于其人格与其散文中的极端态度的作用方式甚至“生理机制”。比如，它阐明了艾略特所谓“非人格性”的含义，阐明了他何以坚持要在诗歌与人类之间划下清晰的界线，也阐明了对他来说，这种“预防措施”何以如此紧要。也许，在很大程度上，艾略特批判思想在心理意义上的敏锐与深刻——那种特殊的紧迫感之所以能成为一种奇特的“权威”，正是因为他始终遵循他的内在准则；于他而言，这些内在准则无异于“生存的技法”，凭借这些“技法”，他不仅能对充满种种毫无稳定性可言的“妊娠”过程和神圣事件的内在世界加以保护，也能在和源自内在世界的种种（按照寻常标准看来）不可思议、超乎自然的要求保持某种出于警惕、存乎怀疑的距离之际，保持他与内在世界之间的对话，并投身于永恒的、“最高级别”的危机谈判之中，力求在真正意义上理解内在世界的同时与之达成协议。

此外，这种蒙受“双重启示”的人生的考量，有助于一切对于隐藏在如同漩涡一般汹涌，令他深陷苦恼的种种烦扰之中，几乎可用“神秘”来形容的那股激流的理解。但在最为具体的层面，它清晰而鲜明地揭示出一种完整的、必然的、隐藏在艾略特诗歌背后的模式。

他的每一节诗——甚至通常情况下的每一行诗——都具备了已然在我们的感知中成为艾略特“伟大”的品质。但即便是在最微弱的语气、最轻浅的抑扬和最细小的纹理中，这种“伟大”也依然是一种既极具个人特色，又由始至终融众多元素于一体的“伟大”。它最显著的特征之一在于：它和我们心目中的文学性伟大略有不同（他的读者也都会自然而然地作出相同的判断)。若拿艾略特的诗歌和其他任何一位英语诗人的作品进行文学性的比较，这一古怪的特征便尤显昭然。在《圣灰星期三》之前的所有诗作中，他的诗缺乏那种暂时性的“特许”(license)之感、那种在任何一位重要诗人的笔下——哪怕是在极度庄重的时刻，也依然弥漫于字里行间的自行其是之感。通常来说，这份“特许”——无论是文字“特许”、隐喻“特许”还是其他任何一种“特许”——正是他们赖以翱翔的翅膀，是助其脱离深渊，高飞云端的“即兴天赋”。偶然的挣扎，应变的手段，不受任何神圣条款的约束，充满活力与想象的自由，如流质一般柔软而灵活的即兴解决方案——对几乎所有诗人而言，以上这一切便是诗之创造的实质。但艾略特却避而远之，一无所取，而他的诗歌和英皇钦定本《圣经》中的某些段落之间的密切关联更让这种近乎独一无二的特质更显鲜明。在这样的译文中，即便是相比之下尤显不敬的《雅歌》一书也毫无“暂时特许”之感。若让莎士比亚、弥尔顿、布莱克、华兹华斯或者其他诗人从中自择一章，并以一首足具个人特色的诗取而代之，我们便会发现，尽管他们每一个人都大有可能完成一首杰作，但最重要的东西终归失落。那种神圣的必然性——那种光芒四射的完整性与终极性正是钦定版译文的荣耀；那是一种咒语般的语言，一种以深刻而坚固的神话情感与宗教情感为其灵感之源，不受文学动机与世俗幻想的玷染并被当作一份祭品献给上帝（即便人类也能听见）的语言。人们能够感受到隐藏在每一行诗背后的那种“非人格性”的严肃；它源于一个贯穿古今，不断凝聚并深化于漫长岁月之中的神圣目标。在这层意义上，译者之所为并非文学翻译，成稿的译文也非“文学”作品。为了重新连接他的情感和（以这种情感为依据的）动机与钦定版《圣经》译者的情感和动机，他曾勉力耕耘，所以我们可以预料，那个从这份“团结”中汲取力量的幽灵将在他的信念不断自我巩固之际，以一种愈显昭著的方式提升他的文字，使之稍稍脱离“文学”的领域，一如其实际所为。但在他缓慢而谨慎，旨在打开自我，迎接那另一个幽灵（即那位潜藏于“圣那喀索斯”体内的神明）——那另一种在其诗之旅途之初对他坦然相诉的“同源之声”的尝试中，他所付出的努力绝不仅止于此。

《雅歌》的文本可能（据我们所闻，它很有可能）源自一部以厄洛斯（或者塔模斯）或者某位类似的神明为主题的仪式性清唱剧的某一部分。因此，那位罹受贯体之创的神明、那趟咒语式的飞翔、那种感官上（或者神秘意义上）的欣然与兴奋等——在艾略特苦难中成为不可分割的组成部分的一切，都以一种隐秘的方式拉近了他与《雅歌》的距离（就好像他的文字终归《雅歌》所有），没有任何一位译者能像艾略特一样接近原作。也许，就总体而言，这便是连接艾略特诗歌与《圣经》诗歌、连接艾略特语言和权威与一位尊奉神圣价值观念的先知的语言和权威的“脐带”。如果“性爱情感”与“神秘崇拜”是两股贯穿《雅歌》始末的主流之力（难以抗拒的“性爱情感”宛如持久不息的“基础低音”，而不惜自我牺牲的“神秘崇拜”则尤似“高阶谐音”——二者交相混融），那么在《圣那喀索斯之死》中摇荡于两个极点之间，在《一个哭泣的年轻姑娘》的举手投足之间、在风信子姑娘现身《荒原》之际、在《圣灰星期三》中的某些时刻汹涌而来，将以“雅歌式”的语言塑就的爱之诗流一次次推向高潮的，也正是这样一种“结合”。在艾略特的所有诗歌中，我们都能感受到这种“结合”——它正是那种“同源之声”的音乐性形体；但除了那些几近纯粹的瞬间，在我们听来，它始终饱受折磨，连同那个严苛的、清教徒式的**自我**所承受的重重苦难一起，被卷入充满痛苦、历经升华的汹涌变幻，卷入那场残缺不整的“圣礼”——卷入那位神明的悲剧；这场悲剧存乎任何一个世界，但在如今这个现代世界，它尤其具有真实的意义，在艾略特笔下的每一行诗的实质中，它都留下了深深的印记——即便不是“每一行诗”，说“每一双并置成对的诗行”则绝不为过。那场满载电荷、不断发展的核心戏剧每时每刻都在整个磁场中释放加密的信号。艾略特的伟大之所以能完整地呈现在世人眼前，正是因为他成功地将这整场戏剧投映到了艺术之中。

若被视作一场戏剧，有开始、过程和结局，艾略特的诗歌无疑是一种对于那位神明的历史性演化过程的概括：

最初，他是爱神厄洛斯的原始形态；最终，他演化成为所有向往神秘的现代“国教教徒”所崇拜的化身。同时，它们也以同样的措辞对整个心理进程作出了概括：最初，在“心身”层面，处于原始形态的厄洛斯历经死亡（无论死于何处、亡于何故）；中途，是“炼金式”的哀悼；最终，在精神层面，“爱”迎来重生，化身为一个耶稣式的形象。贯穿整场“形变”始末的“种系发展”和“个体发展”在诗歌全集的有机发展过程中完成了最为丰富也最紧密的结合与凝聚。

人们可以跟随一首首诗追踪形变的过程。在普罗弗洛克这位胆怯的“施洗约翰”现身（他自叹无力承认那位神明，也根本无从为之传播福音；那位神明的死亡，他也已然通过某种方式提前承受）之后，“神”（即“爱神”）在最终降临之前亦经历过自我牺牲式的肢解与身首异处、肢体散落之难。这场死亡正是隐藏在《荒原》所描绘的“迷失之域”（limbo）背后的精神苦难，而在《空心人》的背后，则是一片碎片如星四散、嚎叫如风疾啸的暗夜。最后，耶稣式的灵魂显现于痛苦的渊底，在《三圣人的旅程》《一个小小的灵魂》《玛丽娜》和《西面之歌》的围绕下迈向重生，这四首诗作无一不是为了“重生”而生的“应急之作”。这一崭新的灵魂复活了厄洛斯的所有能量，但他已然身处基督教精神的统御之下，鲜活的新生深深沉浸在对于《圣灰星期三》中那位引领着他，让他归服“圣父”的超自然女性的崇拜之中。以“公开拒绝这个世界，成为上帝的舞者（并以此来为制定于“圣那喀索斯之死”中的人生规划画上句点）”这一决定为主题的终极戏剧以寓言的形式成形、上演于《大教堂谋杀案》中，继而在发生于一座英国教堂之内，翩翩于上帝面前的舞蹈中走向高潮，那宛如玫瑰花窗一般绚烂、“多瓣”的编舞正是《四个四重奏》的“编舞”。

在那一刻，“诗之自我”和“寻常人格”——“玫瑰”与“火焰”——合而为一[①]。在宗教意义上，神明的苦难和**自我**的苦难在无限接近某种“救赎模式”中达成一致。在诗歌意义上，神圣的艾略特式英雄主义戏剧在胜利的荣光中落下帷幕。他深入意义丧尽的荒原，挽救某种“精神整体”于“肢解”之难，重建一片崭新的乐土。行此壮举之际，在诗歌创作之中，他创造出一种极具仪式感的戏剧形式，使艾略特式心理进程就此成为一种真正的可能——一种为他人而存在的可能。起初，一声传递重生使命的召唤——一声萨满式的“危机之唤”从他崇尚母权的年轻灵魂深处——从那片鼓音狂烈的昏暗之地（他曾频繁提起此地，却从未试图与之断绝关系）传来，他遵从这声召唤的引领，穿越爱神悲剧的重重火焰，将自己转变为“对耶稣

---

① “玫瑰”（Rose）与“火焰”（Fire）这两个意象均出自《四个四重奏》；“合而为一”这一表述出自《四个四重奏》的末句：“……玫瑰与火焰合而为一。”

的效仿”，在一个世界性宗教的“世界教区”内成为象征着父性权威的主教。

在某种程度上，正是因为艾略特接受并承担起这项规模如此宏大的任务，又以如此方式完成了它，他才如此伟大。也正因如此，他的诗歌才似乎成了这个时代的核心启示；正因如此，他的诗歌才——作为诗歌——成为独一无二的篇章。

“作为厄洛斯之声的诗歌之声”是我的开篇之题。如果诗歌是厄洛斯之声——又或者，如果诗歌是承载着厄洛斯之爱与苦难的某一片段的文字，那么根据我所提出的观察，人们或许会说，艾略特是最为纯粹，也最真实的诗人。纵观历史，有哪一位诗人的作品能保持如此彻底的专注，独以呈现那种切肤入骨的生死和融归爱神灵魂的复活为己任，并穷尽一切人性的内涵，以如此深刻、如此激昂、如此完整的方式完成这一使命？这份“专注”也同样是一种艾式特质：他几乎从来不作“应景之诗”“偶得之诗”（即便真的写过，其数量也少到令人更加清楚地意识到这一“缺失”），也几乎从来不作“离题之诗”“散漫之诗”（除了艾略特的诗歌以外，世间所有诗作——归根到底——几乎无一不属此类）。在那出神圣的戏剧无法在诗之领域找到舞台或连一线折光也无可透射之际，他索性改作散文，书写另一种截然不同的语言。而在整场戏剧终告完成（他是唯一一位在真正意义上完成这出戏剧的英语诗人）之际，他也终于从这劳作中解脱出来。他获得了真正的快乐——以他的第二次婚姻为象征与归宿的快乐，并和他真正的自我，也和这个世界紧密地联合在了一起。

一如开篇所言，我所提供的观察是一种试验性的统一“场论”。在我的想象中，从某个特定的角度来看，在某道特定的斜光之下，这一理论的实质——就像一条身在急流（一道水势迅疾却清明澄澈的急流）之下的鱼儿一般——清晰可见。我搁置学者式的疑虑，采取一位意在诠释、力在演绎的音乐家的态度。在音乐家自己的想象中，他发现那个跃动于旋律中的鲜活灵魂——一个陌生人最为隐秘，也最内在的生命在他阅读曲谱之际在他自己体内再历新生。于是，他像撰写曲目注解一样对他的演绎展开描述并视之为一张旨在探索与展现发生在那枚“暗胚”中的种种过程的 X 光片，尽管他非常清楚，即便是最为严格、严密的学术研究，也几乎无外乎一场睹尽千变万化的主观幻景，无法脱离条条主观轨道的太空飞行。

在这一领域，唯有铁一般的意志才能撑起某种不止于“试探”的理论。艾略特的影响逐年加深，他的存在不断在一个为更显驯服、更觉讶异也更为谦卑的自己而深感意外的受众群体面前，重申着它的伟大，“理解艾略特”这一艰巨的任务也变得越来越像李尔王的猜测：他付出无尽的努力，只为猜透柯蒂丽亚的无言之谜。

也许，在眼下这个世纪，人们难以接受他真正的伟大：

他并不仅仅是一位伟大的诗人——在英语世界，恐怕只有一个名字堪与他的名字并立；一如我所勉力描述的那样，他是一位属于“全新种类”的诗人，他的作品会让读者感到好奇：何处才能找到与之相当的诗篇？

放眼世界，能与《小老头》或者《圣灰星期三》的第二部分并置的两到三页诗何处可寻？一如庞德所言，能与《荒原》并立的十九页诗何处可寻？再或者，能与《四个四重奏》并立的三十页诗何处可寻？即便我们写出了可与其争锋的作品，我们是否真的确信自己的判断？无疑，我绝非唯一一个对此深感好奇的人。

我今晚的长篇大论恐怕会令他感到不悦。我想象着，若他听到我用厄洛斯神话来解读他的隐秘思考，他会有多惊恐。这恐怕会进一步加固他对“百年纪念”本身的看法。另一方面，今天是他的生日。试问何时、何地，能比此时、此地——能比今夜的“法兰西埃库餐厅”，更让我们强烈地感受到他的存在？正是在这样一个特别的生日，在瓦莱丽版艾略特书信集第一卷出版之际，他才走完了如此漫长的一步，再次踏足人间，回到我们身边。这是一种实质性的复活。此刻的他更因瓦莱丽卓越而细致的付出而不朽。

超自然现象研究已经发现，如果屋子里的所有人都认为一个灵魂在场，并且真正用实际行动表现出这份认定，那么这个灵魂也会以最令人信服的方式让人感受到它的存在。且不以太过幼稚的方法来定义“灵魂”，让我们想象今夜，他就在我们身边。

女士们先生们，在此，我邀请大家起身和我一起，向今夜的主人，向我们隐形的百岁寿星、大师中的大师、伟大诗人中的伟大诗人致敬；向从未与他分离，为了他的幸福与长存，为了他不断巩固的世界性权威而奉献一生的女性致敬：

敬托马斯·斯特恩斯·艾略特！

注　释

《真正的伟大》

从1957年起，到1965年过世，T. S. 艾略特一直住在肯辛顿府花园3号。经过漫长的努力，艾略特夫人终于争取到一块英国遗产委员会颁发的蓝底白名纪念牌匾。我受邀为挂在公寓外墙上的牌匾揭幕，并作简短发言。那是一个金光闪闪的早晨，街上偶有行人过路，我站在临街的台阶上，向聚集在公寓门前的嘉宾们发表了这篇短小的致辞。

我以我从出生于二十世纪二十年代初期或者更早的诗人们口中亲耳听到的评价为依据，谈论了艾略特的国际地位。在几次听到"真正的伟大"这一判断之后的许多年里，我一直致力于了解其他诗人对他的评价。就我自己而言，谈论艾略特并非难事，关于他的一切，我都能直言不讳。

《白骨之谷中的歌中之歌》

这篇文章有其三重目的。由约瑟芬·哈特组织，旨在纪念T. S. 艾略特百年诞辰，并为阿尔文写作基金会

（Arvon Writing Foundation）募集资金的晚会如期举办。晚会以《荒原》的朗诵为核心，同时也包含叶芝抒情诗的诵读。我本人则代表阿尔文基金会发言，负责感谢晚会的赞助人和到场的观众，并在《荒原》的朗诵开始之前通过一番简短的介绍向 T. S. 艾略特致敬。在有限的时间内，我只就《荒原》最突出的，可能有助于听众理解的结构特点作出了强调。

《神的舞者》

T. S. 艾略特百年诞辰纪念晚宴在艾略特夫人的招待下，于艾略特最喜欢的餐厅——杰明街“法兰西埃库餐厅”举办，由艾略特夫人主编的首卷艾略特书信集也于宴会当天正式出版。

在我看来，以上这份致辞的挖掘过程受到了过度压缩，某些部分的论述可能尤显晦涩，而且，作为一席祝词，它也太过冗长。在晚宴上，我所采用的，是一个更短也更简洁的版本。

如今看来，即便是这篇原文，也显得太过简单、写意。我想，若欲证实我的基本观察（我提出：诗人艾略特完成了一次圣礼式的，以某种特定的情感为主体的内在转变，并在转变过程中展现出鲜明的个人特质，绽放出耀眼的才华，而他的诗歌则是以这一转变必须经历的一系列独特阶段为主题的戏剧性简述），这般处理还远远不够充分。在我看来，在这一方面，在英语诗史的“经典”一脉上，只有一位真正堪与艾略特比肩的诗人：以“圣塞巴斯蒂安”的装扮出现在年轻的艾略特眼前并在他的“青少年”作品《圣那喀索斯之死》中被戏剧化的“神明”，正是那位出现在二十八岁上下的莎士比亚眼前的“神明”；那一刻，莎士比亚唤醒了他的首个纯粹的诗性主题——并发现自己正勉力应对阿多尼斯之死。一如阿多尼斯后来的命运为每一部成熟的莎剧提供了潜在的精神剧本，这位“神明”后来的命运——一如我的描述——也为每一首成熟的艾略特诗作提供了潜在的精神剧本。至少，这便是我在这份祝词中提出的观察，尽管如我所言，如此简短的一份祝词还远不足以证实这种说法。

附　录

荒原（1922，T. S. 艾略特）

我亲眼看见库梅的西比尔吊在瓶中。孩子们喊：“你要什么？”她会回答：“我只想死！”

献给埃兹拉·庞德

最好的匠人

1. 死者的葬礼

四月是最残忍的月份，在死去的
土地上培育丁香，混合着
记忆和欲望，用春雨
滋扰迟钝的根。
冬天温暖着我们，给大地
盖上惯忘的雪，用风干的
块茎喂养一些生命。
夏天使我们惊讶，携一阵雨水
越过施塔恩伯格；我们躲进柱廊，
等天放晴又继续前行，走进霍夫加顿，
喝了咖啡，聊了一个钟头。

Bin gar keine Russin，stamm'aus Litauen，echt deutsch.[①]

① 原文为德文，意为："我不是俄国人，我从立陶宛来，是德国人。"

小时候，我们在大公家小住，

我表兄的家，他带我去坐雪橇，

我很害怕。他说，玛丽，

玛丽，把手抓紧。我们就滑了下去。

在山里，你总觉得自由。

夜里我多半是读书，冬天就去南方。

什么根在紧抓不放，什么枝子

长在这乱石堆里？人子啊，

你说不出，猜不到，因为你只认得

一堆残破的形象：阳光打下，

死树不予荫凉，蟋蟀不予喘息，

枯石上没有水声。只有

这红色岩石投下一片阴影，

（到这红色岩石的阴影中来）

我要让你看样东西，既不同于

清晨大步走在你身后的影子，

也不同于傍晚起身迎接你的影子；

我要让你看看一把尘土中的恐惧。

Frisch weht der Wind

Der Heimat zu

Mein Irisch Kind,

Wo weilest du?[①]

“一年前你第一次送风信子给我；

他们叫我风信子女孩。”

——可当我们从风信子花园归来，天已晚了，

你花儿满抱，湿着头发，我却

说不出话，看不见东西，我既没

活着，也没死去，我什么也不知道，

只凝望着光心，望着那寂静。

Oed’und leer das Meer. [②]

索索斯特里斯夫人，著名通灵术士，

受过严重风寒，却仍是

欧洲公认最有智慧的女人，

手中有副邪恶的纸牌。这张，她说，

是你的牌，淹死的腓尼基水手，

(那两颗珍珠原是他的眼睛。瞧!)

这是贝拉多娜，“岩石女士”，

命途坎坷的女士。

这是那个有三根法杖的男人，这是“转轮”，

这是那个独眼商人，这张纸牌，

---

① 原文为德文，意为：“风儿轻轻吹来/吹往家的方向。/我的爱尔兰女孩，/此刻你在何方?”

② 原文为德文，意为：“大海荒凉空阔。”

一张空牌，是他背在背上的东西，
我被禁止看见。我没找到那张
“被绞死的人”。小心亡命于水。
我看见一群群人，绕着圈行走。
谢谢你。如果你看见亲爱的伊奎东太太，
告诉她天宫图我带在身上。
这年头人人都得这么谨慎。

虚幻的城市，
在一个冬日黎明的棕雾下，
人群流过伦敦桥，那么多人，
我没想到死亡毁了那么多人。
叹息，短促、偶然，从嘴里吐出，
每个人都盯着自己脚前。
流上山坡，沿威廉王大街而下，
到了圣玛丽·乌尔诺斯敲钟报时，
用死音发出九点最后一响的地方。
在那儿我看见一个熟人，大声叫住了他：“斯特森！
是你，从前和我一起，在麦里的船上！
去年你种在花园里的那具尸体，
开始发芽了吗？今年会开花吗？
还是突然的霜冻扰乱了它的花床？
喔，别让狗靠近，那是人类的朋友，

否则他会用爪子把它刨了出来!

你！伪善的读者！——mon Semblable，——mon frère[1]!"

① 原文为法文，意为："我的同类——我的兄弟!"

2. 弈局

她坐的椅子，像铮亮的王座，
在大理石基座上发光，一面镜子
支在那里，镜架上雕着结满葡萄的藤蔓，
一个金色的丘比特偷偷探出脑袋，
（另一个用翅膀遮住了眼睛），
镜子映出七支烛台的火焰，
把烛光折向桌面，
盈盈晶闪迎光而起，
不断涌出她的珠宝缎匣；
象牙小瓶和彩色玻璃小瓶
开着口子，藏着她奇异的人造香料，
香膏、香粉、香液——种种香味困扰、
迷惑、淹没了感官，被窗外
吹来的清风扰动，飘然升起，
肥了细长的烛焰，
再把青烟抛到天花板上，

扰乱了镶板上的花格图案。

巨大的海木饱汲铜液，

烧出橙绿的火焰，被彩色的石壁定格，

一只浮雕海豚游动在阴惨的光里。

古色古香的壁炉架上，

犹如满窗林景一般，呈现出

菲洛梅拉的变形，那野蛮的国王

如此残忍相逼；但那夜莺

用不可亵渎的声音填满了整片荒野，

她仍在呼喊，世界仍在追逐，

“嘉嘉”的叫声在肮脏的耳畔。

时间的其他枯根残桩

也印在墙上；凝视的形体

探出身去，斜斜的，让紧闭的房间噤声。

楼梯上传来脚步窸窣。

火光下，发刷下，她的头发

闪着火星伸展开来，

亮成言语，然后没入蛮荒般的寂静。

“今晚我精神很糟。是的，很糟。留下陪我。

　　跟我说话。你为什么总不说话？说话。

　　　　你在想什么？想什么？什么？

我就是不知道你在想些什么。你想吧。”

我想我们是在老鼠洞里，
这里的死人都没了骨头。

“那是什么声音？”
　　　　是门底的风。

“那又是什么声音？风在干吗？”
　　　　没干什么，什么也没。
　　　　　　　　　“你
什么也不知道？什么也没看到？什么也不记得？”

　　我记得
那两颗珍珠原是他的眼睛。

“你是个活人不是？你脑袋里什么也没有吗？”

　　　　　　　可
噢噢噢噢那首莎士比亚式的拉格——
它那么优雅
那么机智
“现在我该干些什么？该干些什么？
我就该这样跑出去，走上街，
披头散发，就这样。我们明天该干些什么？

我们到底该干些什么?”

十点会来热水。

如果下雨，四点会来有篷的车。

我们要下一盘棋，

挤着没有眼睑的眼睛，等敲门声响起。

丽尔的丈夫退伍的时候，我说——

我说得毫不含糊，我亲口跟她说的，

快一点吧，时间到了。

埃尔伯特要回来了，你得打扮打扮。

他会问你，他给你换牙的那笔钱

你花在哪儿了。他给钱的时候，我也在场。

把它们全都拔掉，丽尔，换副好的，

他说，真的，你那样子我真看不下去。

我也看不下去，我说，想想可怜的埃尔伯特，

他在军队待了四年，他就想快活一下，

我说，你不给他快活，自有别人来给。

她说，哦，是吗。我说，差不多吧。

她说那我知道该谢谢谁了，然后直直看了我一眼。

快一点吧，时间到了。

我说，你不愿意，就继续这样，

别人还能挑呢，你可没得选了。

要是埃尔伯特跑了，别说没人提醒过你。

我说，你老成这样，还不觉得丢人。

（她才三十一岁。）

没办法，她拉长了脸说，

都是那些药片害的，打胎的药，她说。

（她已经生了五个，生小乔治时差点死掉。）

药剂师说吃了没事，但我再没回到从前的样子。

我说，你真是个十足的傻瓜。

我说，嗯，要是埃尔伯特不放过你，结果还是一样。

你不要孩子，又何必结婚？

快一点吧，时间到了。

嗯，那个礼拜天，埃尔伯特在家，有热火腿吃，

他们请我去吃晚饭，去领略热火腿的美妙——

快一点吧，时间到了。

快一点吧，时间到了。

晚安比尔。晚安路。晚安梅。晚安。

再见。晚安。晚安。

晚安，女士们，晚安，可爱的女士们，晚安，晚安。

3. 火诫

河流的帐篷坏了：最后的树叶像手指
紧抓潮湿的河岸，陷进泥里。风
吹过棕黄的土地，没有声息。仙女们已经离去。
可爱的泰晤士河，轻轻地流，等我唱完了歌。
河面上没有空瓶、三明治包装、
丝绸手绢、硬纸箱、烟头
和其他夏夜的证据。仙女们已经离去。
她们的朋友，市政官们的浪荡公子
也已离去，没有留下地址。
我曾坐在莱蒙湖边哭泣……
可爱的泰晤士河，轻轻地流，等我唱完了歌。
可爱的泰晤士河，轻轻地流，我声音不响，话也不多。
可我背后一阵冷风，风中
有骨头咔嗒作响，咯咯笑声耳耳相传。

一只老鼠拖着黏滑的肚皮

在岸上的草木中轻轻爬过，
那冬日的黄昏，我在那条死气沉沉
从煤气厂背后绕过的运河边垂钓，
默想我王兄的船难
和更早的时候我父王的死。
潮湿的低地上赤裸着白色的肉体，
骨头丢在一间低矮干燥的小阁楼里，
年复一年，只被老鼠踩得咔嗒作响。
可我不时听见背后
有汽笛和马达的声音，它们会在春天
把斯威尼带到波特太太身边。
噢，明亮的月光照在波特太太
和她女儿身上
她们在苏打水里洗脚
Et，o ces voix d'enfants，chantant dans la coupole![1]

唧唧唧
嘉嘉嘉嘉嘉
如此残忍相逼。
忒柔斯啊

[1] 原文为法文，意为："还有穹顶之下，噢，那孩子们的合唱！"

虚幻的城市

在一个冬日正午的棕雾下

尤金尼德先生，士麦那商人，

面须未刮，带着一满袋

“伦敦到岸价：见票即付”葡萄干，

用一口通俗法语

邀我去坎农街旅馆享用午餐

然后到大都会共度周末。

紫暮时分，当眼睛和背

从桌面抬起，当人体引擎

像悸动的出租车一样急不可待，

我，忒瑞西阿斯，虽是个眼盲的老头，悸动在

两个生命之间，胸前一对皱巴巴的女乳，却能

在紫暮时分，看见脚不停步，

匆匆回家，从海上带回水手的黄昏。

下午茶时间到家的打字员清理早餐，点燃

她的火炉，把罐头食品摆上桌子。

窗外，她招展的连体内衣

危险地晾着，接受最后几缕阳光的触碰。

（夜里当床用的）长沙发上堆着

长筒袜、拖鞋、吊带背心和胸衣。

我，忒瑞西阿斯，胸前一对皱乳的老头，

感知到这般场景，也预言了其余所有——
我也在等待那个预期中的客人。
他，那个一脸酒刺的年轻人来了，
一家小房产中介的职员，瞪着大胆的眼睛，
人虽低微，却有自信加身，好像
一顶绸帽戴在布拉福德的富豪头上。
眼下是大好时机，一如他的猜想，
她吃完饭后，正觉无聊、疲惫，
和她亲热的种种尝试
即便不受欢迎，也没受责备。
他涨红了脸，横下心，立刻发动进攻；
汲汲探寻的手没遇到任何抵御。
他的虚荣不需要任何回应，
会把冷漠当作欢迎。
（而我，忒瑞西阿斯，已经提前忍受过
这同一张沙发或床上上演的一切；
曾在底比斯城下倚墙而坐，
曾在最低微的死者间穿行的我。）
留下最后一个恩情般的吻后，
他摸索而去，探步走下没有灯照的楼梯……

她转过身，照了一会儿镜子，
几乎没意识到情人已经离去。

她的脑海让一个半成形的念头闪过：
“好了，结束了：完事儿了就好。”
可爱的女人折腰做了蠢事，又开始
在房间里走来走去，独自一人，
她不经意用手顺了顺头发，
把一张唱片放在留声机上。

“这音乐贴着水面爬到我身边”
沿着斯特兰路，爬上维多利亚女王大街。
噢，城市城市，有时我能听见
下泰晤士街的一家酒吧旁，
曼陀林发出悦耳的哭诉，
酒吧里一阵叽喳，一阵叮当，
渔夫们在那儿午休：在那里，
殉道者马格努斯教堂的墙壁
绽放着难以言喻的爱奥尼亚式金白的光辉。

河面渗出
油和沥青
驳船漂行
随潮流奔转
红色船帆
迎风

满张，在沉重的桅杆上摇摆。

驳船拍水

漂流的原木一般

沿格林威治河段而下

驶过狗岛。

　　　　喂啊拉拉嘞啊

　　　　哇啦啦嘞啊啦啦

伊丽莎白和莱斯特

打着船桨

船尾被塑成

一枚镀金的贝壳

金红相间

轻快的浪涌

荡起两岸涟漪

西南风

携声声钟鸣

顺流而下

白色塔楼

　　　　喂啊拉拉嘞啊

　　　　哇啦啦嘞啊啦啦

“电车和积满灰尘的树。

海布里孕育了我。里士满和裘园
毁灭了我。在里士满我抬起双膝，
仰卧在独木小船的船底。”
“我的双脚在穆尔盖特，我的心
在我脚下。那件事后
他哭了。他保证会‘重新开始’。
我没作声。我该怨恨什么?”

“马盖特沙滩上。
我能连接
空无与空无。
脏手上的破指甲。
我的人民谦卑的人民，期望着
空无。”

啦啦

于是我来到迦太基

燃烧燃烧燃烧燃烧
主啊，你救出我来
主啊，你救了我

燃烧吧

4. 亡命于水

腓尼基人弗里巴斯，一个死了两周的人，
忘了海鸥的鸣叫、深海的浪涌
和利润与亏损。
　　　　　　　　　　海底一道水流
悄声拾捡他的骨头。上下浮沉之际，
他度过他的老年与青春
进入漩涡。
　　　　　　　　外邦人、犹太人
你们，转动舵轮、迎风远望的人啊，
想想弗里巴斯，他曾和你们一样英俊高大。

5. 雷霆的话

在流汗的脸上火炬的红光之后
在花园里霜寒的寂静之后
在多石地带的剧痛之后
那叫喊与呼号
监狱、宫殿和远山之上
春雷的回响
曾经活着的人已经死了
曾经活着的我们正在死去
带着一点耐心

这儿没水，只有石头
石头，没水，还有沙路
群山间盘旋而上的那条沙路
山是石做的山，滴水不存
若是有水，我们定会停步饮用
石头间无法停步，无法思考

汗已干了，脚在沙里
石头间有水就好了
生满龋齿、啐不出水的死山之口
这儿无法站立，无法躺坐
山里连寂静也没有
只有不雨不育的干雷
山里连孤独也没有
只有墙干门裂的泥屋里头
传来愠红的脸发出的冷笑与低吼
若是有水

而没有石头
若是有石
也有水
而水
是一汪泉水
石间一个池子
若是只有水的声音
不是蝉鸣
不是干草的歌
而是石头上的水声
在松林里有隐士鸫歌唱的地方
滴答滴答滴答答

但并没有水

总是走在你身边的第三个人是谁？
我一点数，只有你我同行
可我顺着白色的路抬头望去
总有另一个人走在你身边
蒙着棕色披风，戴着兜帽悄悄地走
我不知道那是男是女
——走在你另一边的到底是谁？

高空中响的是什么声音？
母亲哀恸的低叹
那些戴着兜帽，成群蜂拥在
无尽的旷野，蹒跚于开裂的大地，
只被平滑的地平线环绕的人是谁
群山之上是什么城市
在紫色的空气中开裂、重塑、破碎
坍塌的高塔
耶路撒冷　雅典　亚历山大
维也纳　伦敦
虚幻

一个女人直直拉开乌黑的长发

用根根发弦奏出耳语般的音乐
婴儿面孔的蝙蝠在紫色的光里
吹着口哨，拍着翅膀
脑袋朝下爬下一面黑了的墙
高塔倒立半空
鸣响追忆之钟，报着时辰
让空池与枯井不断放出歌唱的声音。

在山间这个腐烂的洞里
在稀薄的月光里，草儿歌唱在
倒塌的坟头，在小教堂周围
就是那座空空的教堂，里面只住着风。
它没有窗，门摇摇晃晃，
干枯的骨头无人可伤。
只有一只公鸡站在屋顶
咯咯哩咯咯咯哩咯
在一道闪电之间。然后一阵潮湿的狂风
带来雨水

恒河沉陷，萎靡的树叶
等着雨水，黑色的云团
在远方聚集，在喜马万特上空。
丛林蹲伏，在寂静中拱起背脊。

雷霆于是开口

DA

Datta[①]：我们施舍了什么？

我的朋友，血液摇撼我心

一时舍予的可怕勇气

一个时代的审慎也无法撤销

借此，仅仅借此，我们存在至今

它不会写入我们的讣告

不会存入被仁慈的蛛帘覆盖的记忆

也不会出现在精瘦的律师在我们的空房间里

拆开的漆封之下

DA

Dayadhvam[②]：我听见了钥匙

在门里转了一下，只转了一下

我们想着那把钥匙，每个人都在自己的监狱

想着那把钥匙，每个人都只在夜幕降临之际

确认一所监狱，缥缈的传言

让一个残破的科里奥兰纳斯复活片刻

DA

Damyata[③]：小船欢快地

---

① 原文为梵文，意为“施舍”。

② 原文为梵文，意为“慈悲”。

③ 原文为梵文，意为“忍耐”。

回应了专于帆桨的手
大海平静，你的心，当它受到邀请，
也会温顺地跳动，欢快地
回应不断操控的手

我坐在岸上
垂钓，身后是干旱的荒野
我是否至少该整理好我的土地？
伦敦桥在坍塌坍塌坍塌
Poi s'ascose nel foco che gli affina[①]
Quando fiam uti chelidon[②]——噢，燕子燕子
Le Prince d'Aquitaine *à* la tour abolie[③]
这些碎片我曾用来支撑我的废墟
那么我就遂你的意。西罗尼莫又疯了。
Datta. Dayadhvam. Damyata.
Shantih Shantih Shantih[④]

---

① 原文为意大利文，意为“说完他又隐入净炼他的火中”。
② 原文为拉丁文，意为“我何时能像只燕子”。
③ 原文为法文，意为“阿基坦王子在废毁之塔”。
④ 原文为梵文，意为“平静　平静　平静”。

《荒原》原注

不仅是标题，本诗的构想与随之而来的众多象征都受到杰西·L. 韦斯顿小姐的圣杯传奇《从仪式到罗曼史》（剑桥版）的启发。确实，我从中受益匪浅，韦斯顿小姐的著作远比我的注释更能阐明诗中疑难；我向所有认为本诗值得费心加以阐释的读者推荐此书（且不论它本身便具有非凡的趣味）。总体上，我还受益于另一部人类学著作，它对我们这一代人影响至深，我指的就是《金枝》。尤其是关于阿多尼斯、阿提斯和奥西里斯的两卷，我多有用到。任何熟悉这些著作的读者都能立刻识别诗中与植物仪式相关的内容。

1. 死者的葬礼

第 20 行：参阅《以西结书》第 2 章第 1 节。

第 23 行：参阅《传道书》第 12 章第 5 节。

第 31 行：见《特里斯坦与伊索尔德》第 1 幕 5—8 行。

第 42 行：同上，第 3 幕 24 行。

第 46 行：我不熟悉塔罗牌的确切构成，所以显然我已置之不顾，只图自己用来方便。“被绞死的人”，牌里历来就有的一张，在两方面为我所用：一方面，在我心目中，他与弗雷泽[①]的“被绞死的神”有关；另一方面，在本诗第 5 部分，我将他与以马午斯门徒行路途中那个戴着兜帽的人联系了起来。“腓尼基水手”和“商人”随后出现；还有“一群群人”和在第 4 部分实行的“亡命于水”。“有三根法杖的男人”（确是塔罗牌里的一张）被我相当武断地和“渔王”本人联系在了一起。

第 60 行：参阅波德莱尔：

“熙攘的城市，充满梦想的城市，

幽灵在大白天里搭讪路人。”

第 63 行：参阅《神曲・地狱篇》第 3 章 55—57 行：

“那么长的

人群，让我真不敢相信

死亡毁了那么多人。”

第 64 行：参阅《神曲・地狱篇》第 5 章 25—27 行：

“在这里，没有哀哭传入

我们的耳朵，只有叹息

让永恒的空气战栗。”

---

① 《金枝》的作者。

第 68 行：我常注意到的一个现象。

第 74 行：参阅韦伯斯特《白魔》中的挽歌。

第 76 行：参阅波德莱尔《恶之花》序诗。

2. 弈局

第 77 行：参阅《安东尼与克莉奥佩特拉》第 2 幕第 2 场 190 行。

第 92 行：“天花板”（Laquearia）见《埃涅阿斯纪》第 1 部 726 行：

“烛灯挂在镶金的天花板上，

明亮的火光驱走了暗夜。”

第 98 行：“林景”（Sylvan scene）见弥尔顿《失乐园》第 4 章 140 行。

第 99 行：见奥维德《变形记》第 6 章之菲洛梅拉。

第 100 行：参见本诗第 3 部分 204 行。

第 115 行：参见本诗第 3 部分 195 行。

第 118 行：参见韦伯斯特《风还在那门里吗?》

第 126 行：参见本诗第 1 部分 37、48 行。

第 138 行：参见米德尔顿《女人防女人》中的弈局。

3. 火诫

第 176 行：见斯宾塞《祝婚歌》。

第 192 行：参阅《暴风雨》第 1 幕第 2 场。

第 196 行：参阅马维尔《致他腼腆的情人》。

第 197 行：参见戴伊《蜜蜂议会》：

“忽然之间，仔细地听，你会听见

号角和狩猎的喧嚷，他们会在春天，

把亚克托安带到戴安娜身边，

那里的一切都会看见她赤裸的肌肤……”

第 199 行：我不知道这些诗行出自哪支歌谣，是我在澳大利亚时有人告诉我的。

第 202 行：见魏尔伦《帕西法尔》。

第 210 行：葡萄干的报价“已含到岸伦敦的保险及运费”，提货单等在见票即付后交给买家。

第 218 行：忒瑞西阿斯尽管只是一个旁观者，不是一个真正的“角色”，却是诗中最重要的人物，将其余所有人物结合在了一起。正如葡萄干买家独眼商人化作腓尼基水手，而腓尼基水手又与那不勒斯王子斐迪南无法完全区分开来一样，所有女人都是同一个女人，而忒瑞西阿斯则一人融具了双性。忒瑞西阿斯所见，事实上就是本诗的实质。奥维德的这一整段诗具有非凡的人类学趣味：

“……

‘其实啊，’他说，他边笑边说：
‘做爱时，相比你们女人的快感，
男人的感觉只能算是死气沉沉。’
对于这种说法，朱诺持相反意见；
所以他们决定请忒瑞西阿斯来评判，
因为男女两性的快乐，他都曾尝试。
曾有一次，在一片茂密的树林中，
他撞见两条彼此缠扭的大蛇，
用棍子打断了它们黏滑的交合，
致命一击挥出，他竟变成了女人。
然而，在为女七年之后，他又在
同一片树林看到了同一对巨蟒：
‘如果，’他说，‘你们有这等魔力，
谁敢打断你们那般黏滑的交合，
就能变换雌雄，我就再打一次。’
于是他又打了一次，结果再次
换了性别，马上恢复了男儿之身。
所以，他才受到二位神明的委托，
来为这场戏谑的争论做个仲裁。
他宣布朱庇特获胜，朱诺大怒，
为这小小的闹剧而大怒，竟然
一怒之下让忒瑞西阿斯双目失明。
但朱庇特（因为天国有此律令，

没有神能撤销另一位神的作为）

为了安慰他的丧目之痛，赐他

预知未来的能力和灵魂的荣光。”

第221行：这也许并不完全像是萨福的诗行，但我心中想起的，是“沿岸”的渔夫或者“平底船”上的渔夫在夜幕降临时分归来的场景。

第253行：见哥尔德斯密斯《威克菲牧师传》中的歌。

第257行：见《暴风雨》，同前。

第264行：在我看来，殉道者马格努斯教堂的内墙是雷恩爵士设计的最精美的建筑内墙之一。见《十九座城市教堂拆除建议》（P. S. 金与子出版公司）。

第266行：泰晤士（三个）女儿之歌由此开始。从292行至306行，她们依次发声。见《诸神的黄昏》第3幕第1场：莱茵河的女儿。

第279行：见弗劳德《伊丽莎白》第1卷第4章，德·夸德拉致西班牙国王菲利普的信：

“下午我们在一艘游艇上，看河上的比赛。（女王）和罗伯特勋爵单独待在一起，我自己则在船尾，她们胡言乱语起来，最后罗伯特勋爵竟说，有我在场，如果女王愿意，他们没理由不能结婚。”

第293行：参阅《神曲·炼狱篇》第5首，133行：

“记住我，我就是那个皮亚；

锡耶纳孕育了我，马雷玛毁灭了我。”

第307行：见圣奥古斯丁《忏悔录》："然后我来到迦太基，那里，一大锅不圣洁的情爱在我耳边歌唱。"

第308行：这些词引自佛陀的《火诫》（其重要性相当于"登山宝训"），《火诫》的完整文本见已故的亨利·克拉克·沃伦的《佛教译文集》（哈佛东方系列丛书）。沃伦先生是西方佛教研究的伟大先驱之一。

第309行：亦引自圣奥古斯丁《忏悔录》。将这两部东西方禁欲主义代表作并置于此，作为本诗这一部分的高潮，并非偶然之举。

5. 雷霆的话

第5部分的开头部分用到了三个主题：以马午斯之旅，去向危险小教堂的路（见韦斯顿小姐的著作）和眼下东欧的衰落。

第357行：这种隐士鸫名"Turdus anonalaschkae pallasii"，我在魁北克省听到过它的叫声。查普曼（在《北美东部鸟类手册》中）说，"隐蔽的林地和灌木丛是它最喜爱的居所……它们的鸣叫在多样性与音量上并不突出，但就音调的纯净、甜美和转调的细腻程度而言，它们的音乐无与伦比"。它们的"滴水歌"名不虚传。

第360行：以下几个诗行受到了一篇南极探险纪行的激发（我忘了是哪一篇，但我觉得是沙克尔顿的一篇），文中记述了那队探险家在精疲力竭之际持续产生一种错觉，觉得他们的人数比实际能点数到的多了一个。

第 367—377 行：参阅赫尔曼·黑塞《混乱一瞥》："半个欧洲，至少半个东欧，已经走在通往混乱的路上，沉醉于神圣的妄想，临渊而行，像德米特里·卡拉马佐夫唱赞美诗一样唱着歌谣，醉醺醺地向前驶去。受辱的市民嘲笑这些歌谣，圣人和先知闻之泪流。"

第 402 行："Datta，dayadhvam，damyata"（施舍，慈悲，忍耐）。关于"雷霆"意义的寓言见《广林奥义书》第 5 卷第 1 章。译文可见于德意生《吠陀经六十奥义书》第 489 页。

第 408 行：参阅韦伯斯特《白魔》第 5 幕第 6 场：

"……她们将再次结婚

在蛆虫噬穿你的尸衣之前，在蜘蛛

让你的墓志铭蒙上一层薄纱之前。"

第 412 行：参阅《神曲·地狱篇》第 33 歌 46 行：

"我听见可怕的塔牢下面

门被钉上的声音。"

另参阅 F. H. 布拉德利《外观与现实》306 页：

"对我自己而言，我的外在感觉，一如我的思想或情感，是私人的。我的思想经验和情感经验无不落在我个人的圈界，一个对外封闭的圈界之内；而且，每一个领域，由于其中所有要素都很相似，对它周围的领域都不透明。……简而言之，每个人的整个世界，作为表现于灵魂中的一种存在，对于这个灵魂来说，都是特殊而私人的。”

第425行：见韦斯顿《从仪式到罗曼史》中关于“渔王”的一章。

第428行：见《神曲·炼狱篇》第26歌145行。

“‘我祈求您，凭着那正引导

您登上阶梯顶端的大能大德，

在适当的时候记得我的痛苦。’

说完他又隐入净炼他的火中。”

第429行：见《维纳斯的守夜》。参阅本诗第2部分和第3部分关于菲洛梅拉的内容。

第430行：见杰拉德·德·奈瓦尔的十四行诗《悲惨之人》。

第432行：见基德《西班牙悲剧》。

第434行：“Shantih”。一如此处，三连重复的“Shantih”是一部奥义书的正式结尾。“穿透人类理解的平静”是我们的语言中对应的说法。

桂图登字：20-2022-196

图书在版编目（CIP）数据

神的舞者：致 T.S. 艾略特 /（英）特德 · 休斯著；叶紫译 .—南宁：广西人民出版社，2022.7
（休斯系列）
书名原文：A Dancer to God：Tributes to T.S.Eliot
ISBN 978-7-219-11358-5

Ⅰ. ①神… Ⅱ. ①特… ②叶… Ⅲ. ①埃利奥特（Eliot，Thomas Stearns 1888-1965）—诗歌研究—文集 Ⅳ. ① I561.072-53

中国版本图书馆 CIP 数据核字（2022）第 050434 号

神的舞者：致 T.S. 艾略特
SHEN DE WUZHE：ZHI T.S. AILÜETE
［英］特德 · 休斯 / 著 叶 紫 / 译

出 版 人 韦鸿学
策 划 白竹林
执行策划 吴小龙
责任编辑 李亚伟
责任校对 周月华
书籍设计 刘 凛
责任排版 潘艳营
封面用图 保罗 · 克利画作

出版发行 广西人民出版社
社 址 广西南宁市桂春路 6 号
邮 编 530021
印 刷 恒美印务（广州）有限公司
开 本 889mm × 1194mm 1 / 32
印 张 3.5
字 数 68 千字
版 次 2022 年 7 月 第 1 版
印 次 2022 年 7 月 第 1 次印刷
书 号 ISBN 978-7-219-11358-5
定 价 42. 80 元